絞刑架下的報告

Reportáž psaná na oprátce

千百萬人正在為爭取人類自由而進行著最後鬥爭，

成千上萬的人在鬥爭中倒下了。

我就是其中一個。

而作為這最後鬥爭的戰士的一個，

是多麼壯麗啊！

尤利烏斯·伏契克(Julius Fučík) 著

蔣承俊 譯

人間

一切次要的、非固有的東西，

一切能掩蓋、緩和、粉飾人的最基本的性格特徵的東西，

都被臨死的旋風一掃而光。

剩下的只有最本質、最簡明的東西：

忠實的人忠實

叛徒叛變

平庸者絕望

英雄鬥爭到底。

——尤利烏斯·伏契克

目錄

【獄中書簡】

【附錄】

【人間版前言】

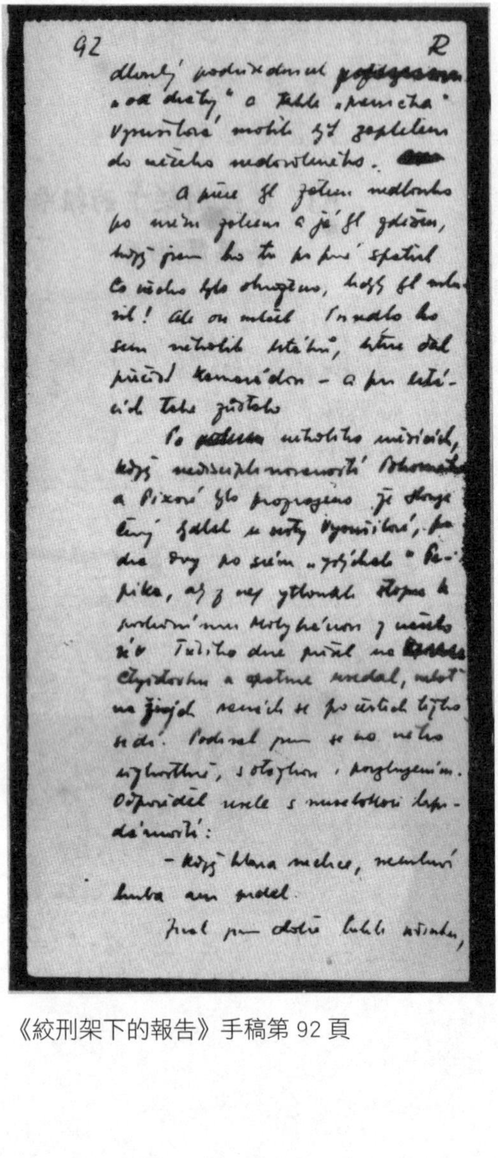

《絞刑架下的報告》手稿第 92 頁

伏契克和
《絞刑架下的報告》

蔣承俊

「千百萬人正在為爭取人類自由而進行著最後鬥爭，成千上萬的人在鬥爭中倒下了。我就是其中一個。而作為這最後鬥爭的戰士的一個，是多麼壯麗啊！」

這是第二次世界大戰中反法西斯的英雄、無產階級革命戰士尤利烏斯·伏契克在《絞刑架下的報告》中發出的心聲。這些閃爍著崇高的理想光芒、洋溢著革命樂觀主義和自我犧牲精神的語句，被一代一代的革命者廣為傳頌。

一九〇三年，伏契克出生於布拉格斯米霍夫工人區的一個工人家庭。他從少年時代起，就過著工人階級的苦難生活，但十分努力學習，如飢似渴地讀書，在布拉格的所有舊書店都留下了足跡，也同許多店員交上了朋友。有時他全月的工資幾乎都拿去買書，連第二天的午飯錢都沒有了。他從大量的閱讀中發現有的書在講真話，有的卻謊話連篇，還有的書什麼也不說。他認為，「不論對什麼，都不要緘默不言，緘默就是撒謊。要講個一清二楚，以便使謊言連篇的書和什麼也不說的書完全絕跡。」

一九一八年，不滿十五歲的少年伏契克第一次參加「五一」節遊行時寫了一首詩，勇敢地反對社會的不公正，反對統治階級的「老爺們」：

上層：

「平民在下面嚎叫什麼？」

「他們說在全國籠罩著飢餓、哭泣。」

「嘿！要知道對付這些的工具是有的 —— 監獄或劊子手。」

下層：

「也許老爺們說得對。
但我們感到笑聲比哭泣可愛，
請相信：
只有劊子手把你們處死了，
我們才會過更好的日子。」

一九二一年，十八歲的伏契克進入布拉格查理大學文學院學習；同時為了維持生活，當短工和街頭廣告員。在十月革命的鼓舞下，他積極參加革命活動，加入了剛剛成立的捷克共產黨，立志為無產階級事業奮鬥終身。在學期間，他就為黨的報刊和其他進步刊物撰寫文章，後來被黨指派為文藝與政治評論週報《創造》的總編輯。一九二八年起任黨的機關報《紅色權利報》編輯。他曾兩次到過蘇聯，寫了許多報告文學作品，滿腔熱情地歌頌世界上第一個無產階級專政的國家。

一九三一年夏，伏契克秘密組織工人代表團訪蘇，回國後被捷克當局逮捕，關進布拉格龐克拉茨監獄[1]。出獄後，他又積極參加了一九三二年春捷克北部礦工大罷工，報導了礦工鬥爭的真相。

一九三六年以後，捷克的獨立日益受到納粹德國的嚴重威脅。慕尼黑協定出賣了伏契克的祖國。他以強烈的愛國主義感情寫了許多政論文章、傳單、宣言和告人民書等，揭露國內外敵人的叛賣行為及納粹的侵略野心，號召人民起來鬥爭。

一九三九年九月第二次世界大戰前夕，德國法西斯軍隊占領了捷克。捷共被迫轉入地下。伏契克毅然留在布拉格，

1 德國蓋世太保在布拉格東郊龐克拉茨區設立的監獄。

一面積極參加並領導地下鬥爭，一面繼續研究捷克十九世紀的文學。他對聶姆曹娃[2]（1820-1862）、揚・聶魯達（1834-1891）等捷克文學史上占有重要地位的作家都著有專論。這些用馬克思主義的立場觀點寫成的文學研究著作，為捷克無產階級文學評論事業作出了貢獻。

一九四一年春，捷共第一個地下中央委員會被破壞。不久，伏契克又以堅強的毅力和無畏的精神，主動與另外兩位中央委員一起建立了第二個中央委員會。但希特勒的蓋世太保瘋狂搜捕共產黨地下領導人，數以千計的共產黨人和愛國志士被逮捕，受酷刑，遭屠殺。伏契克也因叛徒出賣，一九四二年四月被逮捕，在布拉格龐克拉茨納粹德國蓋世太保監獄裡被監禁了四百一十一天。

從被捕的那天起，伏契克就受到極其殘酷的拷問和毒打，處於死亡的邊緣，難友們都為他做了臨終祈禱。但他卻以堅強的毅力，忍受著一般人難以忍受的折磨，從死亡的床上醒來了。敵人見棍子和鐐銬未能制服伏契克，便從精神上來折磨他：帶來他的愛妻跟他「對質」，當著他的面毒打他的戰友，帶他去「逛」他所熱愛的金色布拉格……這一切手段，無非是想誘使他產生一分鐘的動搖、一瞬間的猶豫、一閃念的恐懼，從而毀滅他畢生的信念。然而，敵人的伎倆落空了，伏契克不曾閃現過一絲雜念。生命不息，鬥爭不止。他對人民事業充滿必勝的信心，活一天就同敵人鬥爭一天。他組織並領導「獄中集體」同納粹進行不屈不撓的鬥爭。死，對於怯懦者來說，具

2　聶姆曹娃（1820-1862），捷克批判現實主義文學的奠基人，代表作有《外祖母》等。

有無比的威脅力量。然而在英雄們面前，它卻是那樣地簡單、平常。伏契克跟他的同志們「對死亡有足夠的估計」。他們都知道：「一旦落到蓋世太保手裡，就不會再有生還的希望。」在監獄，他們正是根據這一點信念而行動。

在隨時都有被送上絞刑架的處境中，伏契克「為了把鐵窗裡的今天和自由的明天連接在一起」，用筆作刀槍，堅持寫作。他得到了一位好心腸的捷克看守——科林斯基的幫助：給他鉛筆頭，一張張碎紙片，為他放哨，並把寫好的小紙卷送出獄外，分藏在許多不同人的手裡。

一九四三年九月八日，伏契克被害於柏林的勃洛琛斯獄中。

一九四五年捷克解放後，伏契克的夫人和他的至友拉迪斯拉夫．什托爾找到了這位看守，並耐心地尋找到了這些小紙條，經過整理後出版。這就是舉世聞名的用鮮血凝成的壯麗詩篇——《絞刑架下的報告》（以下簡稱《報告》）。

在《報告》中，伏契克懷著熱愛和感激之情，談論「獄中集體」。受盡折磨的人們的兄弟般的友愛，具有一種向心力，能把大家凝結成一個整體。他用許多生動的事例，說明這種友愛的威力能穿透牆壁，擁抱所有牢房。這是一種用鮮血和生命換來的不可征服的力量。他懷著極其深厚的愛，寫了這個集體眾多英雄人物的真實特徵。例如參加革命工作時還帶有點少女任性、頑皮勁的麗達……工人階級出身的黨人葉林涅克夫婦，平時顯不出是英雄人物，可是在敵人面前卻堅強如鋼。當蓋世太保闖進他們家時，他們並肩站著。妻子問丈夫：「現在怎麼辦？」丈夫回答：「我們去死。」她沒叫喊一聲，也沒搖晃一下，而是面對瞄準他們的槍口，用一種十分優美的姿勢把手遞給丈夫。她以往是愛哭的，可是在獄中卻不曾流過一滴淚。她最後的遺言是：「請轉告外面的同志，不要為我難過，也不要被這件事嚇住。我做了工人階級要求我做的一切，我也將按照它的要求去死。」

伏契克向那些經過這場災難而活下來的人們提出一個要求：不要忘記這些好人，要熱愛這些為他人、也為自己而犧牲了的人。他以全部熱情讚頌：「每一個忠實於未來，為了美好的未來而犧牲的人都是一座石質的雕像。」是的，人們熱愛、崇敬他們。他在《報告》裡雕塑了一座座高大的英雄雕像。他冒著生命危險，以火一般的熱情，忠實地記錄下這些肝膽照人的英雄。他筆下的英雄人物樸實無華，個個都表現出真金不怕火煉的堅強性格。他們的英雄主義是無私的、謙遜的。他們真正當得起大寫字母的「人」的稱呼。

伏契克也要求人們警惕那些「妄想阻擋革命洪流的腐朽過時的人」──那些即使「帶著金色的肩章」，也只能是「朽木雕成的」大大小小的木偶。他們是些出賣靈魂、喪盡天良的禽獸，用別人的生命來保持自己的地位，用別人的鮮血來填塞自己的欲壑。有奶便是娘，苟且偷安，就是他們的處世哲學。伏契克那雙無比敏銳的眼睛，從死亡中復活而被喚醒的感官，最能覺察這夥敗類。像叛徒米列克，這個曾經冒過槍林彈雨的人，卻在蓋世太保的皮鞭下喪失了勇氣，用出賣組織、同志以及自己的戀人來保全自己的生命，終於被集體所摒棄。

伏契克在《報告》裡也痛斥了那些不配作捷克人的劊子手。他說這些把靈魂出賣給魔鬼的人，變得比魔鬼更可恨；他們都是些極為陰險、狡猾、兇殘，受法西斯和各種反動勢力牽動的木偶，正是這些木偶構成納粹反動統治的支柱，是黑暗時代的災星。

伏契克在《報告》向全世界人民控訴了德國法西斯慘絕人寰的血腥罪行。他用鮮血和生命向一切為人類進步事業獻身的人們發出了諄諄囑咐：「人們，我是愛你們的！你們可要警惕啊！」是的，無論何時何地，都要警惕那些公開的和隱藏的、殘忍的和陰險的、形形色色的木偶。

伏契克深刻地揭示了人的偉大與渺小——雕像與木偶，從而向人們指出生活中應該選擇的道路。

伏契克正當壯年，渴望愛情，熱愛生活，他知道自己沒有生還的希望，但是絕不出賣自己的信念去換取生命。他對妻子的愛簡直是潔白無瑕、忠貞無私。在《報告》中專門有一節是寫他妻子的。他總是懷著歡樂和愛戀的心情回憶、讚美她。「她品德高尚，誠摯熱情，她是那艱難而不安定的生活中的珍貴而忠貞的伴侶。」「鬥爭和經常離別使我們變成了一對永恆的情侶，我們不止一次而是數百次地在生活中感受到那初次會面和那初次撫摸時的激情。無論在歡樂或憂愁、激動或悲哀的時刻，我們的心總是跳動在一起，我們的呼吸總是融合在一起。」他渴望同他妻子重逢，他在《報告》中詳盡地描述了他想見到她的心情。但是他清楚地知道：「我倆要再像孩子似的在一個陽光普照、和風吹拂的臨河的斜坡上攜手漫步是沒什麼希望了。」他情不自禁地喊出：「別了，我的親愛的！」他希望他的妻子永遠堅定和勇敢地活下去。他並且寫信給他的妹妹，要她在適當的時候轉告他妻子：「我一直希望著她能幸福，願她即使沒有我也能幸福地生活。她會說這是不可能的。但是這是可能的。在工作中，在別人的心中，任何人都可以被代替。」

伏契克死了，一個偉大的生命熄滅了。但他那偉大的精神卻與世長存，代代相傳。他的《報告》光照千秋，不僅是捷克文學的經典著作，也是全世界進步人民的共同精神財富。

從一九四五年在捷克出版以來，《報告》已被譯成九十多種文字，在世界各國人民中廣為流傳。在我國，早在五十年代，就先後發行過根據俄文、法文轉譯的兩個版本，對我國讀者起了極大的教育和鼓舞作用。當我重讀自己於一九七九年根據捷克原文本譯出的這部閃耀千秋的著作時，耳際好似又響起了伏契克被押赴刑場時高唱的〈國際歌〉歌聲，眼前呈現出一座座巍然矗立的高大雄偉的英雄雕像，人們把最崇敬的感情獻上。但同時，也瞧見了一伙魑魅魍魎，蠅營狗苟，雖生猶死，正在地球上一些陰暗角落晃動的一隻隻木偶的黑影，人們投之以冷眼、蔑視與嘲笑。

伏契克光輝的戰鬥的一生，將永遠銘刻在捷克人民心上，成為捷克民族勝利的象徵，也將永遠激勵和鼓舞著人們，為自由、民族獨立和美好的未來去進行英勇頑強的鬥爭，繼續前進。

編按：蔣承俊（1933-2007），布拉格查理大學捷克語言文學系畢業，譯、著有《哈謝克和好兵帥克》《捷克文學史》《絞刑架下的報告》《五月詩集》《野姑娘芭拉》等。本文綜合譯者〈《絞刑架下的報告》前言〉與〈伏契克和《絞刑架下的報告》〉改寫，作為人間出版社為紀念反法西斯戰爭勝利八十週年的出版前言。

暴風雨來臨了

格里加爾

青年伏契克

當《創造》雜誌的讀者看到伏契克寫的他已經離開蘇聯的文章時，舉世矚目的西班牙上空響起了內戰的槍聲。反動將軍和紅衣主教在國際法西斯的支持下發動了叛亂，圖謀推翻人民共和國政府。

西班牙事件是第二次世界大戰的先兆。

局勢日益激化，法西斯的威脅與日俱增。

伏契克還沒來得及仔細看看自己的祖國，就立刻被捲入事件的旋渦之中。他很快又埋頭從事出版雜誌的工作。形勢不容許他返回蘇聯。起初，他估計自己會被逮捕，但是沒有發生這種情況。警察局只不過對他進行了監視。後來向他宣布了總統的特赦。

當時，黨為建立廣泛的反法西斯人民陣線而鬥爭。紅色報刊每天都在同日益瘋狂地反對進步力量的反動報紙進行無休止的論戰。

一九三七年是充滿新的事件和新的戰鬥的一年。

日中戰爭。法國法西斯政變的陰謀。莫斯科對托洛茨基分子的審判。中歐和巴爾幹國家的迅速法西斯化。捷克大資產階級同希特勒秘密勾結。蘇台德[1]納粹分子的挑釁。「第五縱隊」在知識分子中的狂熱活動……

一九三八年，「褐禍」的危險特別嚴重。

希特勒在西方國家領導人的鼓勵下侵占了奧地利並準備進攻捷克斯洛伐克。蘇台德法西斯分子和在各執政黨中占據重要地位的捷克反動派在這方面給希特勒幫了大忙。

捷克斯洛伐克勞動人民決心拿起武器保衛共和國。五月

1　捷克北部山區，當時大部分居民是德國人。

動員就充分證明了這一點，這次動員阻礙了希特勒軍事進攻的實現。

一九三八年夏天，在國內和國際反動派肆無忌憚地發動反蘇運動時，伏契克寫了一本小冊子《紅軍會來幫助我們嗎？》。他在這本小冊子中指出，蘇聯是捷克斯洛伐克人民最好的最可靠的朋友。這部書在若干天內就印刷了十四次，這一事實足以雄辯地說明，捷克斯洛伐克勞動人民對有關蘇聯和紅軍的每一條消息都有著多麼強烈的興趣。

九月初，當可恥的慕尼黑陰謀即將實現時，伏契克休假回到了多馬日利策區霍奇米爾日村，看望自己的父母。在那他目睹了納粹狂徒們的瘋狂挑釁。由於有內務部的命令，地方機關和憲兵隊對他們的淫威只能袖手旁觀。

九月十二日夜，伏契克在日記中寫道：

「……我剛剛聽了希特勒在紐倫堡發表的講話。威脅比我預料的還要隱蔽。這是不可能預兆什麼好結果的……在泰因和勃里熱約夫，漢倫分子[2]安裝了擴音器，以便使全體居民都能聽到元首的講話。不但沒人出來禁止他們，相反讓他們為所欲為。奧斯弗拉欽車站的一位辦事人員對我發牢騷：『你說，我該怎麼辦？我們在一槍不放地丟棄一個又一個陣地。我不能這樣。我寧願自殺。布拉格有人把我們出賣了。……』

「……我沿著勃里熱約夫廣場走去。那些熟識的德意志人不是急匆匆地躲開我，就是裝作沒看見。老文采爾在樹林裡趕上我，對我說：『請您別怪我沒同您打招呼。我們是禁止同捷

2　捷克斯洛伐克境內的蘇台德德意志黨黨員。首領是希特勒的忠實信徒漢倫。

克人打招呼的。你曉得會給誰看見。弄不好要進集中營的。』

「『您瘋了！您認為希特勒會到這兒來嗎？您以為我們會允許他來嗎？』

「『既然你們不抗擊漢倫，那就意味著你們也不會抗擊希特勒。豪列伊捷爾頒布了通令，好像說本星期內蘇台德就要歸帝國，……你們人不少，可你們沒有保護我們不受漢倫的蹂躪。為什麼國家機關不來干涉呢？你們捷克人出賣了我們這些德意志人。』

「擴音器裡傳出了紐倫堡莊嚴的軍號聲，禮炮轟鳴。這是閱兵式！難道捷克反動派竟把捷克斯洛伐克糟蹋到如此地步，以致一個閱兵式就足以使它崩潰嗎？不，這是不可能的。但是應該立刻行動起來。」

第二天，多馬日利策醫院進來兩個傷勢嚴重的憲兵，還有兩個躺在停屍房裡，他們是被漢倫黨徒暗殺的。

伏契克看到，事態在發生嚴重的變化，於是他中止休假，返回了布拉格。

他開始了繁重而緊張的工作，度過了一個個不眠之夜。

九月十八日，星期日，伏契克在日記中繼續寫道：

「到城外去了兩個小時，秋色迷人。蘇霍多爾附近是一些漂亮的小土丘，就像真正的大山一樣。四周寂靜無聲。遠處，熱普山[3]在暮靄中隱約可見。山的對面就是布拉格，四周是一座座村莊，廣場上聚集著人群。希特勒企圖把這一切都霸占去。我們能給他嗎？絕對不能！人民的情緒是十分明朗的。力

---

3 據說捷克人的祖先站在這座山上環顧四周，然後選擇了現在的波希米亞為子孫居住地。

量是強大的。但是，這股力量能否及時粉碎世界法西斯的陰謀呢？

「一星期前，我十分愜意地站在樹林裡思考著詩句。現在每一棵樹都能使我想起政治局勢。一星期以後又會怎樣呢？……我們是仍舊沿著這些土丘散步呢？還是手握鋼槍在土丘旁隱藏起來？恐怕第二種情況會更可靠些。」

正當伏契克和千百萬捷克愛國者決心保衛共和國的時候，捷克斯洛伐克政府繼續同西方「盟國」進行秘密的外交談判。也許正當伏契克在布拉格郊區觀賞日落，思念祖國和人民，考慮拿起武器進行鬥爭的時候，投降協定在倫敦簽訂了。捷克斯洛伐克政府接受了屈辱性的條約：要它中斷同蘇聯的互助條約，向希特勒德國割讓邊境地區。

三天以後，即九月二十一日，正式公布了關於投降的消息。伏契克是當天晚上在《紅色權利報》編輯部得知政府採取這一怯懦步驟的。

「九點十分，我還沒來得及排完最後一欄字，就從印刷所被叫到樓上編輯部。米列娜（葉辛斯卡婭）打電話通知說：『五分鐘之前，政府同意投降了。』『不可能。五分鐘之前我還在同施維爾瑪[4]談話。他在議會工作。我們的代表都在那裡。他們進行了……』米列娜說：『我現在幾乎是正式通知你這件事。』『你是從哪兒得到這些消息的？』『是從總統周圍人士那裡得來的。』我頓時感到極度的沉重，真想摔手朝什麼

4　揚·施維爾瑪：捷克斯洛伐克民族英雄，捷克斯洛伐克共產黨工人運動的著名活動家，一九三五年起任《紅色權利報》主編；在斯洛伐克反法西斯起義期間，在斯洛伐克山區犧牲。

地方猛錘一下，可手邊什麼也沒有，而且雙手彷彿癱了一樣。這種感覺大約持續了片刻。但我再也不想重新體驗了。情形就同行將咽氣一般。頃刻間我覺得整個歐洲都垮了，看到野蠻席捲了歐洲，美洲正向大西洋深入，想用一條盡可能深的鴻溝將自己和歐洲隔開。可怕極了。

「後來這種感覺消失了，我充滿了一種立即行動的熱望。我累得直打顫。從上星期一起，每天睡眠不足兩個小時。我們互相讓對方去睡覺，可誰也不去睡。

「我們向工廠發出呼籲。工廠派代表團去找政府、總統、總參謀部。得到的回答是：『一切都沒有決定。』

「與此同時，政府搞了一個聲明，以此來向人民宣布投降的消息。我們最初聽到的消息是怎樣發布這個聲明。這是可恥的事情，是可憐的輓詞，是劣等的葬儀。

「政府成員中誰也不願在廣播裡宣讀聲明。只好找個播音員來宣讀。

「大街上，擴音器響起來了。人們停住了腳步，人群中大都是機關職員，他們絕望了，許多人失聲痛哭。電車停了。索斯洛夫劇院門前有一位婦女跪了下來，於是整個人群一下子都跪下了。

「絕望。突然，響起了口號聲：『賣國賊！我們被出賣了。我們要自己保衛自己！』

「口號聲響徹大街小巷。街上有成千上萬的人，在瓦茨拉夫廣場上組成了第一支隊伍。『到格拉達去！到政府那裡去！』大約有十分之一的市民都出來了。隊伍的尾部已延伸到『十月二十八日』大街。到普爾希克貝的路不通了，警察設置了一個強大的阻擊隊。但是，在神聖的瓦茨拉夫紀念碑附近又組成了一支新的隊伍。

「示威者中大多數是官員和店員。快六點鐘時工人才參加進來。一支支隊伍沿著人民大街向議會走去，然後經過瑪涅莎橋向格拉達區行進。隊伍就像宗教行列一樣，照例在民族劇院附近，在國會大廈前停留下來。四周響起了讚美歌。千萬支手臂高高舉起，一部分人握緊了拳頭，一部分人在舉手宣誓。……」

在這關鍵的時刻，反動派企圖散布駭人聽聞的謠言，胡說這全是蘇聯的罪過，蘇聯破壞了協議，拒絕給予援助。人們絕望了。共產黨人在大街上駁斥反動派的宣傳。伏契克回到編輯部，立即寫了一份傳單並交去排版。傳單指出，蘇聯仍然是值得我們信賴的，我們可以指望它的軍事援助。隨後，他又急匆匆地走上街頭。街上人山人海，群情激憤。

「又走上了街頭。白髮蒼蒼的聶耶德利教授沒戴帽子，手扶著高大的燈柱，在普爾希克貝向人民發表演說，後來他走下議會大廈的台階。人群比比皆是。我們向大家發表演說，我們向人民介紹地主黨黨員的背叛行徑，介紹關於蘇聯援助的事實真相。

「十點鐘，一個大約有一萬至一萬五千人組成的的人群企圖衝進波德布拉德的伊日爾兵營，他們高喊：『給我們槍！』一定是地主黨黨員利用人們要戰鬥的情緒進行挑釁。

「我伸開雙臂站在兵營大門前。我大聲喊著，大聲叫著，但不起作用。只是當我說到，我們無論是穿軍裝的，還是穿便衣的，大家都是自由戰士，這時人群才開始像服從軍官似服從我。我們終於達到了目的，雖然大小汽車開進院子，但是一隻腳也沒有邁進兵營的門檻，儘管大門敞開著。嚴陣以待的士兵高舉拳頭向我們致敬。半夜以前，示威的浪潮漸漸地消退了，但仍有十萬多人一直在大街上待到清晨。……」

第二天，捷克斯洛伐克勞動人民開始總罷工。投降政府垮台了。新政府的首腦是著名的「特種軍團英雄」賽羅維將軍。動員宣布開始，人民精神振奮地拿起了武器。伏契克在斯米霍夫參加了曾經服役的那個團隊。然而，一個骯髒的把戲繼續在幕後策畫。捷克資產階級並不想保衛共和國。他們害怕紅軍甚於害怕納粹占領軍的武裝力量。

九月三十日，西方「親善」國家英國和法國同希特勒簽訂了可恥的慕尼黑協定，把捷克斯洛伐克讓給法西斯匪徒們去宰割。

但並不是毫無希望的。蘇聯在這個關鍵時刻準備來援助，可是賽羅維政府拒絕接受援助而投降了。這是徹底的投降。希特勒的軍隊一槍沒放就占領了邊境領土。納粹分子由於輕易取勝而欣喜若狂。他們瘋狂地拔掉界標，驅趕捷克居民，並以勝利者的神態在未經戰鬥就奪取的邊境工事旁攝影留念。

捷克斯洛伐克新政府首先關心的是禁止共產黨的活動。而共產黨是徹底捍衛人民共和國的利益，直到最後一分鐘仍在號召進行鬥爭的唯一政黨。

政府十月二十七日的決定宣布，捷克斯洛伐克共產黨是非法的。所有的共產黨報刊都被查禁，共產黨議會黨團被解散，共產黨人的處所被查封，黨員遭到了警察恐怖手段的迫害。

黨被迫轉入地下。黨沒有屈服，同以往一樣具有戰鬥力，它在地下繼續進行活動。

伏契克集中精力進行文學創作。這並不是離開政治鬥爭，只不過改變了鬥爭策略，其目的一如既往。他用各種筆名在倖存的文學雜誌和畫報(《形象世界》、《行動》、《蜂群》、《新自由》雜誌等等）上發表許多文章。伏契克在這些文章中介紹捷克人民英勇的過去，捷克人民在歷史上為爭取自由而英勇頑強地同比自己強大得多的敵人進行鬥爭的事蹟；介紹捷克人民堅忍不拔的精神，介紹捷克人民傑出的兒女以及在捷克文學作品中鮮明地反映出來的光榮傳統。

「在人民和國家處於困難的時期，我們來回顧一下歷史，以便從歷史中吸取經驗和力量。我們回顧本國人民的過去，為的是找到通向未來的道路。」——伏契克為自己一部關於捷克文學、捷克文學的愛國主義傳統的文集寫了這樣的開頭語。伏契克還寫道：

「在捷克人民當中一向蘊藏著一股不可戰勝的力量，這種力量在胡斯時代表現為武器方面，在白山戰役後表現為先進思想。以宣揚真理為首要使命和志向的人們，一向是從人民健全的基礎上成長起來的，因為他們宣揚真理時既不計較個人的得失，也不計較身受的迫害——那些置人民於水深火熱之中和在精神上暫時統治著捷克人民的傢伙對他們的迫害。」

伏契克在他寫的關於捷克文學史的許多作品中都證明了這一點。他寫過評論中世紀捷克歷史作品的文章：關於達利米爾[5]、巴維爾·斯特蘭斯基[6]、巴里賓[7]；寫過評論民族復興時

5　達利米爾：一向被認為是第一部用捷克語寫作具有愛國主義內容的押韻體十四世紀編年史的作者。

6　巴維爾·斯特蘭斯基 (1583-1657)：捷克愛國主義學者，為了使捷克在白山戰役後得到國外的同情，寫了著名的《波西米亞共和國》一書。

7　E·巴里賓（1621-1688)：捷克學者，歷史學家，愛國主義者。一七七五年，他一生最有膽識的作品〈論維護斯拉夫語，特別是捷克

期的文化的作品，關於多布羅夫斯基、柯拉爾、圖爾；寫過評論十九世紀民主主義文學的作品：關於聶姆曹娃、加弗利契克、聶魯達等人。他發表演說反對對神聖的瓦茨拉夫的反動崇拜和白山戰役後時期的崇拜，因為這種崇拜同胡斯運動、農民起義和民族復興的人民革命傳統是背道而馳的。伏契克在卡列爾・查佩克遭到反動派迫害時，曾對他進行保護（為給這位作家送葬，他曾著手組織布拉格無產階級舉行示威遊行，但這次活動被查佩克的「朋友」破壞了）。伏契克分析了自由和服從問題，寫過關於猶太人在捷克文學藝術中的作用，關於捷克語言的文章，發表過關於婦女問題的演說，等等。

伏契克在慕尼黑協定簽訂以後發表的文化政治問題和文學問題方面的文章，鮮明地表現了他忠貞不渝的愛國主義精神。資產階級發表文章，連篇累牘地責罵共產黨人沒有民族自尊心，共產黨背叛人民！然而，說出這種話的，正是那些使國家蒙受災難的人，他們最先叫嚣：我們人少，我們軟弱，因此我們要向強者屈服。

共產黨人無需學習愛國主義。伏契克所以成為共產黨員，就是因為他要看到本國人民獲得自由和幸福。

早在一九三二年，他就在《紅色晚報》上寫道：

「如果地球上有誰無愧於愛國者這一稱號的話，那就是我們共產黨人……我們熱愛自己的人民，因此我們不願他們在飢餓和貧困中生活。我們熱愛自己的人民，因此我們不願讓他們中的絕大多數遭受一小撮剝削者的剝削和壓迫。我們熱愛自己的人民，因此我們不願他們壓迫其他民族，不願他們受到這些

語〉發表。

民族的憎恨。我們熱愛自己的人民，因此我們願他們獲得自由。我們熱愛自己的人民，因此我們為絕大多數人民的自由而鬥爭。這種愛要求我們作出巨大的犧牲，為了這種愛，我們不去掙那千百萬金錢。」

伏契克和千百萬共產黨人，在國家處於生死存亡的危急關頭，用自己的生命、自己的全部行為和行動證明了這些話語。

【作者夫人的話】

一九三三年伏契克與古斯塔

這是伏契克最後的著作

古斯塔·伏契科娃

在臘文斯勃魯克集中營[1]裡，我從難友們的口中得知，我的丈夫尤利烏斯・伏契克，《紅色權利報》和《創造》雜誌的編輯，於一九四三年八月二十五日在柏林被納粹法庭判處死刑。

他後來的命運怎麼樣，回答這個問題的，只有集中營四周高牆的回聲。

一九四五年五月希特勒德國失敗後，一些法西斯匪幫還沒來得及折磨死或屠殺掉的囚犯們，從監獄和集中營裡被解放出來。我也是這些被解放出來的人中的一個。

我回到了自由的祖國。我開始尋找我的丈夫。就像成千上萬的其他人一樣，他們一直在尋找被德國占領者抓進遍及各地的無數拷問室的丈夫、妻子、孩子、父親和母親。

我打聽到，尤利烏斯・伏契克於一九四三年九月八日，就是判決後的兩個星期，在柏林被處死了。

我還了解到，尤利烏斯・伏契克在龐克拉茨監獄[2]裡寫過東西。是監獄的看守阿・科林斯基給他提供了寫作的機會，科林斯基把紙和鉛筆帶進牢房去給我的丈夫，然後又把寫滿字跡的紙條，一張一張地從監獄裡秘密地帶出來。

我找到了這個看守。我把尤利烏斯・伏契克在龐克拉茨監獄裡寫的稿子逐漸收集起來。這些編了頁碼的稿子分別保存在不同的地方和不同的人手中；我把它們整理出來呈獻給讀者。這是尤利烏斯・伏契克最後的著作。

一九四五年九月於布拉格

1　位於德國北部，距柏林八十公里，專門拘禁女性的集中營。

2　德國蓋世太保在布拉格東郊龐克拉茨區設立的監獄。

【正文】

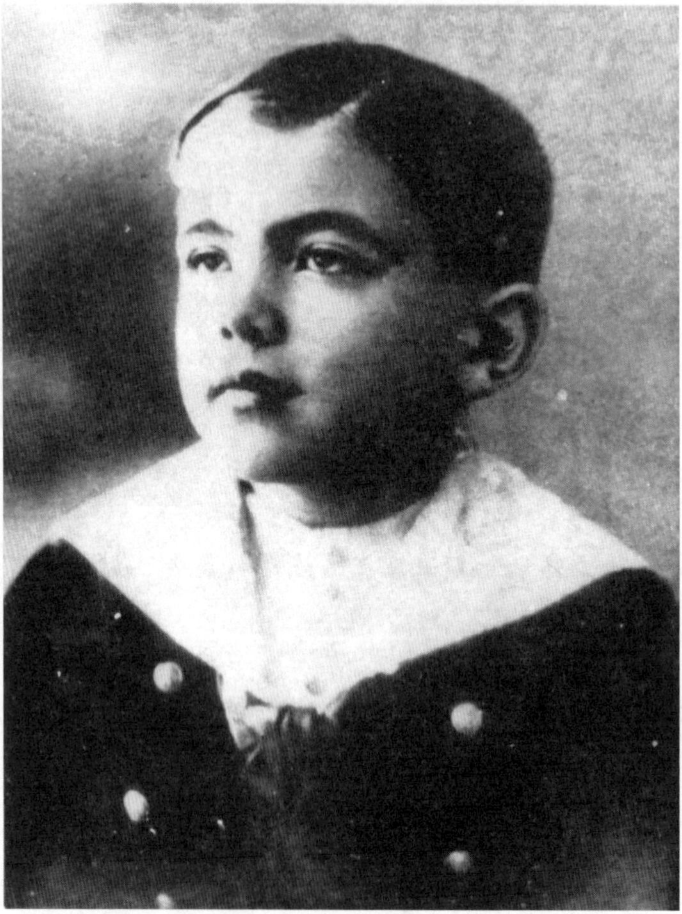

童年的伏契克

一九四三年春寫於
龐克拉茨蓋世太保監獄

龐克拉茨蓋世太保監獄

規規矩矩地、挺直身子坐著，兩手扶膝，兩眼呆呆地凝望著佩切克宮[1]候審室發黃的牆壁，望得眼睛發花，——說實在的，這不是最便於思索的姿勢。可誰能強迫思想也規規矩矩地坐著不動呢？

曾經有人——大概永遠也無從知道是什麼時候和什麼人——把佩切克宮裡的這個候審室叫做「電影院」。真是天才的比喻！一間寬敞的房間，放著六排長凳，凳子上直挺挺地坐著受審的人，他們面前是一面光禿禿的牆，猶如電影院的銀幕。把全世界所有製片廠攝製的影片加在一起，都遠沒有從這些等待著新的拷問、新的折磨和死亡的受審者的眼睛裡映射在這牆壁上的影片多。這是關於全部生活和生活裡極其細微的情節的影片，是關於母親、妻子、孩子和被摧毀的家園、被毀滅的生命的影片，是關於堅貞的同志和叛變的行為，關於把傳單傳遞給某人，關於流血犧牲，關於交付委託時緊緊握手的影片，是充滿恐怖和決心、憎和愛、苦痛和希望的影片。這裡的每個人都和生活絕了緣，每天都有人眼睜睜地死去。並不是每個人都能重獲新生。

我在這裡成百次地看了關於我自己的影片，成千次地看了這部影片的細節，現在我嘗試著把它敘述出來。如果還沒等我講完，絞索就勒緊了的話，那麼千百萬還留在世上的人，自會續完它那「happy end」。

---

1 佩切克宮是捷克富翁佩切克的住宅，德國法西斯占領時期，成為布拉格的蓋世太保司令部。

第一章

二十四小時

1942 年被捕前從事地下工作的伏契克

還差五分就要敲十點了。這是一九四二年四月二十四日，一個美麗而溫潤的春夜。

我急急忙忙地走著——盡我化裝成跛腳老頭這個角色所能允許的速度快步走著，——要在大門上鎖之前趕到葉林涅克家，我的「助手」米列克在那兒等著我。我知道，這次他不會有什麼重要的事情告訴我，我也沒有什麼要告訴他的，但是不去赴約，很可能會引起驚慌——主要的是，我不想讓我們這兩位好心腸的主人產生不必要的擔憂。

他們用一杯茶招待我。米列克早已在那裡等我了，——除了他，還有弗里德夫婦。這可又是一次不謹慎的行動。

「同志們，我很高興見到你們，但不希望這樣大伙聚在一起。這樣最容易把我們引向監獄和死亡。要是不遵守秘密工作的規定，就得停止工作，因為這樣不僅對自己有害，而且還會連累別人。明白嗎？」

「明白了。」

「你們給我帶來了什麼？」

「五月號的《紅色權利報》。」

「好極了。你怎麼樣，米列克？」

「老樣子，沒什麼新聞。工作進行得還好……」

「好了，就這樣吧。『五一』後咱們再碰頭。我會通知你們的。再見！」

「再喝杯茶吧，先生。」

「不，不了，葉林涅克太太，我們在這裡的人太多了。」

「至少再來一小杯吧，我請求您。」

新斟的茶冒著熱氣。

有人按鈴。

現在不是深更半夜嗎？這會是誰呢？

來的客人沒有耐心，把大門敲得咚咚直響。

「快開門！我們是警察！」

「快到窗口去！快跑！我有手槍，我來掩護你們撤退。」

晚啦！蓋世太保已經站在窗下，用手槍瞄準了房間。他們砸開了門，從過道偷偷地湧進了廚房，接著闖入房間。一個，兩個，三個……九個男人。他們沒看見我，因為我正站在他們背後，在他們打開的門後邊。我能夠不慌不忙地射擊。但是九支槍瞄準著兩個婦女和三個赤手空拳的男人。如果我開槍，他們就會比我先被打死。假如我開槍自殺，槍聲也會引起射擊，他們仍然不免要成為槍下的犧牲品。倘若我不開槍，他們也許會在監獄裡待上半年或一年，將來革命會把他們當中活著的人解放出來。只有米列克和我不可能從那裡出來，敵人將折磨我們，——從我的嘴裡他們是什麼也撈不到的，而從米列克那裡呢？這個人在西班牙打過仗，在法國集中營待過兩年，大戰期間又秘密地從法國逃回布拉格來的，——不，這種人是不會叛變的。我考慮了兩秒鐘，也許是三秒鐘吧？

如果我開槍，那也於事無補，只有我自己可以免受苦刑，但因此將會有四個同志白白地犧牲生命。不是這樣嗎？正是這樣的！

於是決定了。

我從隱蔽的地方走了出來。

「哈，還有一個。」

照我臉上打了第一拳。這一拳幾乎要了我的命。

「Hände auf！」[1]

接著就是第二拳，第三拳。

我早就料到了這一手。

收拾得整整齊齊的房間，現在變成了一堆倒翻的家具和各種什物碎片。

又是一陣拳打腳踢。

「Marsch！」[2]

他們把我推上汽車。手槍一直對著我。

途中就開始審問了。

「你是誰？」

「霍拉克教師。」

「你撒謊！」

我聳了聳肩。

「坐好，不然我就要開槍了！」

「你開槍吧！」

代替槍彈的又是拳打腳踢。

我們從一列電車旁邊經過。我覺得電車好像扎著白色的花彩。難道這個時候還有婚禮電車，在這深更半夜裡？大概是我開始發燒了。

佩切克宮。我原以為不會活著進到這裡了。現在差不多是跑著上到四層樓。啊，原來這裡就是有名的 II-A1 反共科！我倒有些好奇起來了。

那個瘦長個子的負責抓人的頭目把手槍放進衣袋裡，把我

1　德語：「舉起手來！」

2　德語：「走！」

帶到他的辦公室。他給我點上一支香菸。

「你是誰？」

「霍拉克教師。」

「你撒謊！」

他手上的錶指著十一點。

「搜身！」

開始搜查。他們脫去了我的衣服。

「他有身分證。」

「用的是什麼名字？」

「霍拉克教師。」

「查對一下！」

打電話。

「當然沒有登記。證件是假的。」

「誰給你的身分證？」

「警察局。」

一棍子打下來。兩棍子。三棍子。我用得著數數嗎？朋友，你在任何時候、任何地方都未必用得著這個統計數字。

「你叫什麼名字？說！住在哪兒？說！同誰有聯繫？說！秘密聯絡點在哪兒？說！說！說！不說就打死你！」

一個健康的人能經得住幾下這樣的毒打呢？

收音機播送出午夜時刻的信號。咖啡館關門了，最後的顧客回家了，情人們還流連在門前難分難捨。瘦長個子的蓋世太保頭目愉快地微笑著走進屋來：

「一切都弄清楚了，——怎麼樣，編輯先生？」

誰告訴他們的？葉林涅克夫婦嗎？弗里德夫婦嗎？可是他們連我叫什麼名字都不知道呀！

「你瞧，我們全知道了。說吧！放聰明點。」

專門的辭彙！「放聰明點」的意思就是背叛。

我可不聰明。

「把他捆起來！給他點厲害嘗嘗！」

一點鐘。最後一輛電車回廠了，街上空無人跡，收音機向它最忠實的聽眾敬祝晚安。

「還有誰是中央委員？電台設在什麼地方？印刷所在哪兒？說！說！說！」

現在我又能夠比較安靜地計算抽打的次數了。我唯一感覺得到的疼痛，是從那咬爛了的嘴唇上來的。

「把他的鞋脫掉！」

真的，腳掌上的神經還沒有麻木。我感覺到了疼痛。五下，六下，七下，現在彷彿棍子直打進了腦髓。

兩點鐘。布拉格在鼾睡中，也許什麼地方有孩子在睡夢中啼哭，丈夫在撫摸妻子的肩膀。

「說！說！」

我用舌頭舔了舔牙床，想努力數清被打掉了多少顆牙齒。但怎麼也數不清。十二、十五、十七顆？不，這是現在「審問」我的那些蓋世太保的數目。他們當中有幾個顯然已經疲倦了。而死神卻遲遲不來。

三點鐘。清晨從四郊進入城市，菜販向集市走來，清道夫們打掃街道。也許我還能活一個早晨。

他們帶來了我的妻子。

「你認識他嗎？」

我舔了舔血跡，不想讓她看見……這未免有點幼稚，因為我滿臉都在流血，連指尖也在滴血。

「你認識他嗎？」

「不認識！」

她這樣回答，沒有流露出一點恐懼的神色。親愛的！她恪守我們的約定，任何時候也不承認她認識我，儘管這樣做現在已經無濟於事了。究竟是誰把我的名字告訴了他們呢？

他們把她帶走了。我盡力用最快樂的目光向她告別。也許這目光一點也不快樂。我不知道。

四點鐘。天亮了還是沒有亮？蒙上了厚布幔的窗戶不給我答覆。而死神仍不見到來。我應該去迎接他嗎？應該怎樣去迎接呢？

我打了誰一下，然後就跌倒在地上。他們用腳踢我，在我身上亂踹。好啦，這樣就會死得快些啦。一個穿黑衣服的蓋世太保一把抓住我的鬍子，把我提了起來，得意地笑著給我瞧他手裡一綹剛拔下來的鬍鬚。實在可笑。現在我一點也感覺不到疼痛。

五點，六點，七點，十點，中午了，工人們上工又下工，孩子們上學又放學，商店裡做著買賣，家裡燒著飯，媽媽也許正在思念我，同志們也許打聽到我被捕了，正在採取安全措施……以防我供出來……不，你們不用害怕，我是不會出賣的，請相信我吧！總算離死不遠了。一切只不過是一場夢，一場熱病中的惡夢。拷打一陣之後是潑涼水，接著又是一陣拷打，又是：「說！說！說！」可是我還沒有死去。媽媽、爸爸，你們為什麼把我養得這樣結實啊？

下午五點鐘，他們一個個都疲倦了。拷打現在已經稀疏，間歇很長，多半只憑一種慣性才打兩下。忽然，從遠方，從那遙遠遙遠的地方，響起了一個像愛撫似的平和而寧靜的聲音：

「Er hat schon genug！」[3]

然後我坐了起來，桌子在我面前直晃。有人給我水喝，有人遞給我香菸，但我捏不住它。有人試著替我穿鞋，又說穿不上。然後又有人把我半攙半拖地帶下樓梯，塞進汽車裡，我們就坐車走了。有人又把手槍對準我，我覺得好笑。我們從一輛扎著白色花彩的婚禮電車旁邊經過，但也許這一切只是一場夢，一場熱病，也許是臨死前的痛苦，或者就是死的本身。瀕臨死亡本來是沉重的，但這次我竟毫無沉重之感，它輕得像一根羽毛，只要呼出一口氣，一切就都完結了。

完結了？還沒有，總是完不了。這會兒我又站了起來，真的站起來了，自個兒站著，不用旁人攙扶。我眼前是一面汙黃的牆，牆上濺了些什麼？好像是血……是的，這是血，我抬起手試著用指頭去抹它……抹著了，還是新鮮的，我的血……

有人從背後打我的頭，命令我舉起手做一蹲一起的動作；做到第三次時，我倒下了……

一個高個子的黨衛隊隊員[4]站在我跟前，踢了我幾腳，想把我踢起來。這有什麼用呢？又有人向我潑涼水，我坐起來了。一個女人給我藥吃，問我哪兒痛，這時我感覺到我的全部疼痛是在心上。

「你沒有心。」高個子的黨衛隊隊員說。

「啊，我有心的。」我說。我因為還有足夠的力量來捍衛自己的心，而感到一種突如其來的自豪。

後來一切又都消失了：牆壁、拿藥的女人和那高個子的黨

3　德語：「已經夠他受的了！」

4　或稱黑衫隊員。

衛隊隊員……

現在我面前是敞開著的牢房的門。一個肥胖的黨衛隊隊員把我拖進去，脫掉我那被撕成碎片的襯衣，把我放到草墊上，摸了摸我那被打腫的身子，吩咐給我裹傷。

「你瞧瞧，」他搖晃著腦袋對另一個人說：「你瞧，他們幹得多利落！」

然後又是從遠方，從那遙遠遙遠的地方，我聽到了一個像愛撫似的平和而寧靜的聲音：

「他活不到明天早晨啦。」

還差五分就要敲十點了。一九四二年四月二十五日，一個美麗而溫潤的春夜。

第二章

臨死前的痛苦

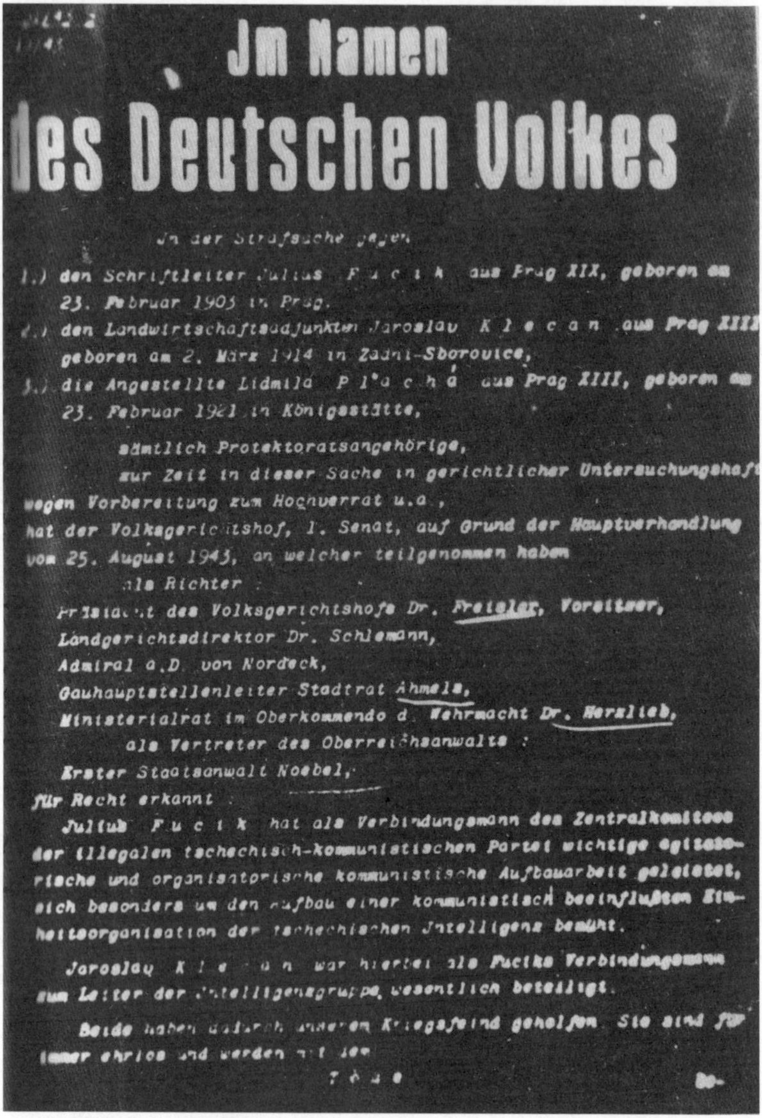

Jm Namen des Deutschen Volkes

Jn der Strafsache gegen

1.) den Schriftleiter Julius F u c i k aus Prag XIX, geboren am 23. Februar 1903 in Prag,

2.) den Landwirtschaftsadjunkten Jaroslav K l e c a n aus Prag XIII, geboren am 2. März 1914 in Zadní-Sborovice,

3.) die Angestellte Lidmila P l a c h á aus Prag XIII, geboren am 23. Februar 1921 in Königsstätte,

sämtlich Protektoratsangehörige,

zur Zeit in dieser Sache in gerichtlicher Untersuchungshaft wegen Vorbereitung zum Hochverrat u.a.,

hat der Volksgerichtshof, 1. Senat, auf Grund der Hauptverhandlung vom 25. August 1943, an welcher teilgenommen haben

als Richter:

Präsident des Volksgerichtshofs Dr. Freisler, Vorsitzer,
Landgerichtsdirektor Dr. Schlemann,
Admiral a.D. von Nordeck,
Gauhauptstellenleiter Stadtrat Ahmels,
Ministerialrat im Oberkommando d. Wehrmacht Dr. Herzlieb,

als Vertreter des Oberreichsanwalts:

Erster Staatsanwalt Noebel,

für Recht erkannt:

Julius F u c i k hat als Verbindungsmann des Zentralkomitees der illegalen tschechisch-kommunistischen Partei wichtige agitatorische und organisatorische kommunistische Aufbauarbeit geleistet, sich besonders um den Aufbau einer kommunistisch beeinflußten Einheitsorganisation der tschechischen Jntelligenz bemüht.

Jaroslav K l e c a n war hierbei als Fuciks Verbindungsmann zum Leiter der Jntelligenzgruppe wesentlich beteiligt.

Beide haben dadurch unserem Kriegsfeind geholfen. Sie sind für immer ehrlos und werden mit dem

T o d e

be-

納粹宣布伏契克死刑的文件

當太陽和星辰的光芒
黯淡下去，黯淡下去……

雙手交疊在腹前的兩個男人，拖著沉重而緩慢的步伐，在白色的墓穴旁一前一後地繞著圈子走，用拉長的不和諧的聲調唱著悲哀的聖詩。

……靈魂就離開了肉體，
升向天堂，升向天堂……

有人死了。是誰呢？我竭力扭過頭來，或許能看到裝殮死人的棺材和插在他頭旁的蠟燭。

……那裡不再有黑夜，
那裡永遠燦爛輝煌……

我好容易睜開了眼睛。可是沒有瞧見另外的人，除了他們倆和我，——這兒沒有別人呀！那他們是在給誰作臨終祈禱呢？

……這顆永遠照耀的星辰，
就是耶穌，就是耶穌。

這是葬禮，毫無疑問，是道道地地的葬禮。他們在給誰送葬呢？誰在這裡？只有他們倆和我。啊，是給我！也許就是在給我送葬？可是人們，你們聽著，這是一場誤會呀！我並沒有死。我還活著。你們瞧，我不是正看著你們，還和你們說著話嗎！快停止吧！別埋葬我！

如若有誰要我們長逝，
永久的安息，永久的安息……

他們沒有聽見。難道都是聾子？難道我說話的聲音不夠大？或許我真的死了，所以他們聽不見我那不是從肉體裡發出來的聲音？可是我的肉體就在這裡躺著呀，我在親眼看著自己的葬禮！真是滑稽！

……把自己熾熱的目光，
轉向天堂，轉向天堂……

我記起來了。曾經有人費力地把我弄起來，給我穿上衣服，把我放到擔架上。穿著釘鐵掌靴子的腳步聲在走廊裡橐橐響過，然後……這就是一切。更多的我就不知道了。也記不得了。

……那兒是永恆光明的故鄉……

而這一切卻是那麼無聊。我活著。我感到隱隱的疼痛和口渴。死人畢竟是不會口渴的。我使盡全身的力氣想做個手勢，一種陌生而不自然的聲音終於從我嘴裡衝了出來：

「喝水！」

到底成功了。那兩個人停止了轉圈。他們向我彎下身來，其中的一個扶起我的頭，把一罐水送到我嘴邊。

「朋友，你也該吃點東西呀！已經兩天了，你就一個勁地喝水，喝水……」

他跟我說什麼？已經兩天了！今天是星期幾？

「星期一。」

星期一。我是星期五被捕的。腦袋是多麼沉重啊！這水卻是那樣的清涼！睡吧！有一滴水滴進了山泉，明淨的水面泛起了漣漪。這是山中草地上的那股泉水，我知道，它流過羅克蘭山下守林人茅屋的附近……連綿不斷的濛濛細雨簌簌地灑落在松樹針葉上……睡眠是多麼香甜啊……

……當我重新醒來時，已是星期二的晚上了。一條狗站在我跟前。這是一條警犬。它用美麗而聰慧的眼睛探詢似地盯著我問道：

「你住在哪兒？」

啊，不對，這不是一條狗。這是一個人的聲音。是的，還有個人站在我跟前，我看見了一雙高統靴，還有另外一雙和制服褲子。再往上就看不見了，如果我要看，頭就發暈。嗐！管它幹什麼，還是讓我睡吧……

星期三。

那兩個唱過聖詩的男人現在坐在桌子旁，在用陶製的盤子吃著東西。我已經能認出他們來了。一個年輕些，一個老一點，他們並不像僧侶。那墓穴也並不是什麼墓穴，而是像所有監獄裡常見的一間普通的牢房，地板順著我的眼睛伸展開去，直到盡頭，是一扇沉重的黑門……

鑰匙開鎖發出了響聲，那兩個人立刻跳起來規規矩矩地站著。兩名穿著制服的黨衛隊隊員走進來，吩咐給我穿上衣服，——真沒有想到，在每條褲管、每隻袖筒裡隱藏著多少痛苦啊。他們把我放在擔架上，抬下樓梯，釘著鐵掌的靴子在長長的走廊裡發出沉悶的響聲……這條走廊，他們曾在我昏迷不醒時抬著我走過一次了。這條走廊通到哪裡去呢？它通到哪個地獄去呢？

他們把我抬到龐克拉茨蓋世太保監獄裡的一間昏暗而陰森的接待室裡，把擔架放在地上。一個捷克人裝出一種和善的聲音翻譯德國人咆哮的問話。

「你認識她嗎？」

我用手支撐著下巴。在我的擔架前，站著一位年輕的、寬臉蛋的姑娘。她高傲地昂著頭，挺直了身子站著，不是固執而是很莊重，只是眼睛微微低垂到剛好能夠看見我、用它來向我問候的程度。

「我不認得她。」

我想起來了，在佩切克宮那個瘋狂的夜裡，我好像見過她一眼。現在是第二次見面。可惜，永遠不會再有第三次見面了——為了她在這裡傲然挺立的崇高英姿而握一握她的手，向她致敬。她是阿諾什塔・洛倫澤的妻子。一九四二年戒嚴[1]剛開始的幾天，她就被處決了。

「可是這個人你一定認識。」

安妮奇卡[2]・伊拉斯科娃？天呀，安妮奇卡，您怎麼會落到這兒來了？我沒有說出您的名字，您同我沒有任何關係，我

1　一九四二年五月二十七日，掌管捷克和摩拉維亞的納粹頭子亨德里希被刺，捷克斯洛伐克全國宣布戒嚴。

2　安娜的愛稱。

不認得您，您懂嗎？我們是不相識的。

「我不認識她。」

「你放明白點，老傢伙！」

「我不認識她。」

「尤拉[3]，已經沒有用了，」安妮奇卡說，只有那捏緊了手絹的指頭微微打顫，表現出她內心的激動。「已經沒有用了，我已經被人出賣了。」

「誰？」

「住嘴！」有人打斷了她的回答。當她彎下腰來把手伸給我時，他們使勁地把她推開。

安妮奇卡！

我再也聽不見其餘的問話了。彷彿離得遠遠地、沒有痛苦地旁觀著，模模糊糊覺得有兩名黨衛隊隊員把我抬回牢房裡。他們猛烈地顛簸著擔架，還笑著問我是不是願意讓絞索套著我的脖子打鞦韆。

星期四。

我對周圍的環境已經有些認識。難友中那個比較年輕的叫卡雷爾，他管另一個年長的叫「老爹」。他們給我講述了自己的一些經歷，但在我腦子裡全給弄亂了，有一個什麼礦井啦，什麼孩子們坐在凳子上啦。我聽見敲鐘，大概是什麼地方失火了。據說，醫生和黨衛隊的護士每天都來看我，還說，我的情況並不怎麼嚴重，很快又會成為一條漢子。這是「老爹」說的，他堅持他的說法，而卡爾利克[4]也熱烈地附和，因而使我

3　尤利烏斯的愛稱。

4　卡雷爾的愛稱。

即使處於這種情況，也感覺得到他們是想用好話來安慰我。真是些好心人啊！可惜我不能相信他們的話。

下午。

牢房的門開了。一條狗悄悄地躡著腳尖走了進來。它停在我的頭邊，仔仔細細地審視我。又是兩雙高統靴——現在我知道了：一雙是狗的主人的——龐克拉茨監獄的監獄長的，另一雙是那天晚上審問過我的蓋世太保反共科科長的。隨後我又看見了一條便服褲子。我順著這條褲子朝上看，對啦，我認識這個人，他就是那個瘦長個子的蓋世太保頭目。他往椅子上一坐，開始審問：

「你已經輸了。至少你得替自己想一想。快招吧！」

他遞給我一支香菸。我不想抽，也捏不住它。

「你在巴克薩家住了多久？」

在巴克薩家！連這也知道了！誰告訴他們的呢？

「你瞧，我們什麼都知道了。說吧！」

既然你們什麼都知道了，還用我說幹什麼？我這一輩子活得很有意義，到臨死的時候我怎麼能玷汙自己的清白呢？

審問持續了一個小時。他們沒有咆哮，而是耐心地反覆盤問。一個問題還沒得到回答，就提出第二個，第三個，第十個。

「難道你不明白嗎？一切都完了，懂嗎？你們完全輸光了。」

「只有我一個人輸了。」

「你還相信共產黨會勝利嗎？」

「那當然。」

「他還相信——他還相信俄國會勝利嗎？」科長用德語

問。瘦長個子的頭目給他翻譯。

「那當然。不會有別的結局。」

我十分疲倦。我集中了全副精力來對付，可是現在我的知覺消失得很快，就像血從深深的傷口裡往外流似的。我還感覺到，他們怎樣向我伸出手來，——也許他們在我的額頭上看到了死亡的印記。真的，在某些國家甚至還保留著這樣的風俗：劊子手在行刑之前要和被處決的人接吻。

晚上。

雙手交疊的兩個男人，一前一後地繞著圈子走，用拉長的不和諧的聲調唱著悲哀的聖詩：

當太陽和星辰的光芒
黯淡下去，黯淡下去……

唉呀，人們啊，人們，你們停停吧！這也許是一支美麗的歌，但今天，今天是五一節的前夕呀；是人類最美麗、最歡樂的節日的前夕呀！我試著唱一首快樂的歌，但這歌聲也許更淒涼，因為卡爾利克轉過身去了，「老爹」在揩眼睛。隨它去吧，我不管，我繼續唱我的。慢慢地他們也和我一同唱了起來。我滿意地入睡了。

五一節清晨。

監獄小鐘樓的鐘敲了三下。這是我到這裡以後第一次清楚地聽見鐘聲。也是我被捕以來第一次完全神志清醒。我感到空氣清新，風從敞開的窗口微微地吹拂著鋪在地板上的草墊，我感覺稻茬刺著了我的胸口和肚皮，我身上的每一個細胞都千奇百怪地感到疼痛，使我連呼吸都很困難。突然，好像一扇窗子打開了那樣，我明白了：這就是終結。我要死了。

死神啊，你真是姍姍來遲。我當然希望許多年之後才同你見面。我還想過自由人的生活，還想多多地工作，多多地愛，多多地歌唱和遨遊世界。要知道我正當壯年，還有很多很多力量。而現在我卻沒有力氣，只剩下最後一口氣了。

我愛生活，為了它的美好，我投入了戰鬥。人們，我愛你們，當你們也以同樣的愛回報我時，我是幸福的；當你們不了解我時，我是痛苦的。如果我曾得罪過誰，那就請原諒我吧！如果我曾安慰過誰，那就請忘卻我吧！永遠不要讓我的名字同悲傷連在一起。這是我給你們的遺囑，爸爸、媽媽、妹妹們；這是我給你的遺囑，我的古斯蒂娜[5]；這是我給你們的遺囑，我的同志們；這是我給所有我曾愛過的人的遺囑。如果你們覺得，眼淚能洗去悲哀的思念，那你們就哭一會兒吧。但你們不要難過。我為歡樂而生，我為歡樂而死，如果你們在我的墓前放上悲愴的天使，那對我是不公道的。

五月一日。往年這個時刻，我們早就到城郊集合，預備好了我們的旗幟。在這個時刻，莫斯科街道上參加五一節檢閱的先頭部隊已經在行進。而現在，就在這同一時刻，千百萬人正在為爭取人類自由而進行著最後的鬥爭，成千上萬的人在鬥爭中倒下了。我就是其中的一個。而作為這最後鬥爭的戰士中的一個，這是多麼壯麗啊！

但臨死前的痛苦卻不是那麼壯麗的。我感到窒息，喘不過氣來。我聽見，我喉嚨裡怎樣呼呼地作響。這樣會把同獄的難友吵醒的，也許有點水潤潤喉嚨就好了……可是罐子裡的水全

5　妻子古斯塔的愛稱。

喝光了。在那邊，離我僅有六步遠的牢房牆角的小便池裡有足夠的水。我難道還有力氣爬到那裡去嗎？

我匍匐在地上，輕輕地、很輕很輕地爬行，好像臨死時最要緊的事就是不吵醒任何人。我終於爬到了，貪婪地喝著便池裡的水。

我不知道在那裡待了多久，也不知道爬回來用了多長時間。我的知覺又在消失。我摸了摸自己手上的脈搏，卻一點也感覺不到。心湧到喉嚨口又急劇地落了下去。我也隨著它一起落下去了。落下去了很長時間。就在這時，我聽見了卡爾利克的聲音：

「老爹、老爹，你聽，這可憐的人，他死啦！」

上午醫生來了。

這一切是我很久以後才知道的。

醫生來了，把我檢查了一下，搖了搖頭。後來他回到醫務室，把昨夜已經填好我名字的死亡證撕掉了，他以內行的口氣說：

「簡直是一匹馬！」

第三章

二六七號牢房

二六七號牢房

從門口到窗戶七步，從窗戶到門口七步。

這我知道。

在龐克拉茨監獄的這段松木地板上，我來回踱過不知多少次了！我曾因看穿了捷克資產階級的腐敗政策對人民的危害而坐過牢[1]，也許當時坐的就是這間牢房。現在他們正把我的民族釘上十字架，德國看守在我的牢房前面的走廊上來回走動，而在監獄外的什麼地方，盲目的政治的命運女神又在紡織叛賣的線[2]。人還需要經過多少世紀才能洞察一切呢？在人類走向進步的路上已經經歷了幾千座牢房呢？還要再經歷幾千座牢房呢？啊，聶魯達的耶穌聖嬰[3]。「人類得救的道路茫茫。」但是人類已不再沉睡了，不再沉睡了！

走過去是七步，走回來也是七步。緊靠著一面牆壁的是一張行軍床。另一面牆上釘著一塊暗褐色的擱板，上面放著陶製的碗盆。是的，這一切我都熟悉。只是現在這裡稍加機械化了：裝上了暖氣管，抽水馬桶代替了糞桶——但主要的，是這裡的人都機械化了。囚犯像一架架自動機器。只要一按電鈕，就是說，只要聽到鑰匙在牢門的鎖孔裡轉動，或是聽到打開門上小窗洞的聲音，囚犯們就跳起來，不管你在幹什麼，都得一

1　一九三一年夏，伏契克秘密組織工人代表團訪蘇，回國後被捷克反動當局逮捕，關進龐克拉茨監獄。

2　古希臘神話傳說，有三個老婦人掌管人的生死命運：克洛拉紡織生命的線，拉海西斯決定它的長度，阿特里波斯隨時把它剪斷。當生命線剪斷時，人就死了。

3　捷克著名詩人揚·聶魯達（1834-1891）寫於一八八一年的〈復活節的搖籃曲〉：「睡吧，聖嬰，睡吧！你在睡夢中積蓄力量。你面前的道路漫長，人類得救的道路茫茫。睡吧，聖嬰，睡吧！」

個挨著一個直挺挺地站著。門一開，看守長就一口氣地叫喊：

「Achtung! Celecvózibnzechcikbelegtmittrajmanalesinordnung.」[4]

二六七號就是我們的牢房。不過這間牢房裡的自動機器，運轉得並不那麼靈活。跳起來的只有兩名囚犯。在那一段時間裡，我還躺在窗下面的草墊上，直挺挺地俯臥著。一星期、兩星期、一個月、一個半月——後來我又活過來了：我的頭已經能夠轉動，手已經可以抬起來，兩肘已經能夠支撐起身子，我甚至已經試著翻身仰卧……毫無疑問，描寫這事比起經歷這些事要容易多了。

牢房裡也發生了一些變化。門上原來掛著三個人的牌子，如今換成兩個人的牌子。現在我們只有兩個人了，那個曾為我唱過送葬詩的比較年輕的卡爾利克已經走了，只留下我對他那善良的心的回憶。說實在的，我只依稀記得他同我們相處的最後兩天的情景。他耐心地一遍又一遍向我述說自己的經歷，而我在他講述時卻常常處於昏迷狀態。

他的全名叫卡雷爾·馬列茨，是個機械工人，在胡德利茨附近的一個鐵礦井裡開吊籠，曾經從那裡運出過地下工作所需要的炸藥。他被捕入獄差不多有兩年了，現在大概是去柏林受審，和他同時被捕的還有一大批人，誰知他們會有怎樣的結局呢？他有妻子和兩個孩子，他愛他們，非常愛他們。然而他說：「要知道，我不可能不這樣做，因為這是我的責任。」

他常常坐在我身邊，強迫我吃東西。可是我卻吃不下去。

4　用捷克語字母拼成的德語：「注意！二六七號牢房住犯人三名秩序正常。」

星期六那天——難道我入獄已經八天了嗎？——他採取了最強硬的措施：向監獄醫務官報告說，我來到這裡以後，一點東西也沒吃過。這個龐克拉茨監獄的醫務官成天繃著臉，穿一身黨衛隊制服，不經他的許可，捷克醫生連阿司匹林這類藥方都不能開。這個醫務官竟親自給我端來一碗病號稀飯，站在我身旁，看我咽完最後一口。這時卡爾利克非常滿意自己干預的成功。第二天，他親自餵我喝了一碗星期日的湯。

但後來還是不行。我那被打爛的牙齦，連星期日土豆燒牛肉裡煮爛的土豆都不能咀嚼，腫脹的喉嚨咽不下哪怕是小塊的食物。

「他連紅燒牛肉——紅燒牛肉都不想吃。」卡爾利克站在我身旁憂鬱地搖著頭，埋怨地說。

隨後，他就狼吞虎咽地和「老爹」分享了我的那一份。

唉，你們不曾在一九四二年的龐克拉茨監獄裡待過的人，就不會懂得，也不可能懂得這「紅燒牛肉」是什麼東西！即使在最艱難的時期，也就是說當所有的囚犯肚子餓得咕咕直叫的時候，當在澡堂洗澡的一些包著人皮的活骷髏清晰可見的時候，當每個囚犯用貪饞的目光盯著他的同伴的幾口食物的時候，當那令人作嘔的乾菜粥上澆點番茄汁就覺得是無上美味的時候，就在這個最艱難的時期，按規定每週兩次——星期四和星期日——分飯的人在我們的盤子裡放上一勺土豆，再澆上一湯匙帶幾根肉絲的紅燒肉汁，這簡直就是開胃極了。是的，問題還不在於開胃，而是這東西使人實實在在地記起了人的生活。在這個殘酷而又違反常情的蓋世太保的監獄裡，它是某種正常的、帶有人間生活滋味的東西。人們一提起這「紅燒肉汁」，連聲調都變得柔和優美了。——啊！有誰能理解這一湯匙「紅燒肉汁」對於面臨著死亡威脅的人是何等珍貴啊！

兩個月後，我才明白了卡爾利克的驚奇。「連紅燒牛肉都不想吃」，——還有什麼能比這更清楚地說明我當時怎樣地接近了死亡。

就在當天夜裡兩點鐘，卡爾利克被叫醒。要他在五分鐘內收拾停當，彷彿他只是出去溜達一趟，而不是到新的監獄、集中營或刑場去結束自己的生命似的，——誰知道他要上哪兒去呢！他在我的草墊旁跪下來，雙手抱住我的頭，吻我，——這時，走廊裡傳來了看守的一聲粗暴的吆喝，說明在龐克拉茨監獄裡是不能有這種感情的流露的，——卡爾利克跨出門檻，咔嚓一聲，門又鎖上了……

牢房裡只剩下我們兩個人了。

我們將來還能見面嗎，朋友？我們留下的人下一次又將在什麼時候分別？我們倆誰會先走，到哪兒去？又是誰來傳喚他？是穿著黨衛隊制服的看守？還是那個沒有穿制服的死神？

現在我只寫出了初次離別時令人激動的情思。從那以後已經過去一年了，然而送別這個朋友時所引起的那種情思還不斷地、有時甚至還是很強烈地出現在我的記憶裡。掛在牢房門上的「兩人」牌子又換成了「三人」，不久又改成「兩人」，然後又出現「三人」，「兩人」，「三人」，「兩人」。新的難友來了又去——只有最初留在二六七號牢房裡的兩個人，依然忠實地住在一起。

這就是「老爹」和我。

「老爹」名叫約瑟夫．佩舍克，是個六十歲的老教員，教師委員會主席，他比我早被捕八十五天，罪名是在草擬一項關於改革自由捷克學校的建議中「陰謀反對德意志帝國」。

「老爹」是一個……

可是，朋友，怎樣來描寫他呢？這是件很難的事。兩個人，一間牢房和一年的生活。在這共同生活的一年中，「老爹」這個稱號上的引號消失了；在這一年中，兩個不同年齡的囚犯成了真正的父與子；在這一年中，我們彼此吸取了對方的習慣、口頭禪，甚至說話的聲調。現在你不妨來試試，看能否分辨出哪些是我的，哪些是老爹的；哪些是他帶到牢房裡來的，哪些又是我帶來的？

他徹夜不眠地守護在我身旁，用浸濕的白繃帶為我裹傷，驅走那逼近我的死亡。他忘我地擦洗從我的傷口中流出的膿血，對於我的草墊四周散發出的那股臭味，從未表現過厭惡的神情。他替我洗補那件可憐的破襯衫，這是我第一次受審時的犧牲品，當這件襯衣實在無法再穿時，他就把自己的那件給了我。他還趁早晨半個小時「放風」的機會，在監獄的院子裡冒險替我採摘雛菊和草莖。每當我去受審時，他總是以一種愛撫的目光伴送我；回來後又用新的繃帶包紮我的新傷口。每逢我夜裡被帶去受審時，他總是不睡，一直等到我回來，把我扶上草墊安置好，小心翼翼地替我蓋上毯子之後，他才去睡覺。

我們的友誼就是這樣開始的，在我們共同度過的歲月裡一直保持著這種友誼，甚至當我能用兩條腿站立起來，能盡到做兒子的義務的時候，也從來沒有改變。

朋友，我一口氣是寫不完這一切的。二六七號牢房內那一年的生活是豐富的，不管發生什麼事情，老爹都有自己的一套辦法來對付。這一切都是應該寫到的。不過我的敘述還沒有結束呢（看來還有希望寫完）。

二六七號牢房的生活是豐富的。看守差不多每小時都開一次門來檢查。這也許是按規定對一個案情重大的「共產黨罪犯」的嚴格監視，但也許只是出於純粹的好奇。這裡常常死去一些不該死去的人。然而大家確信必然會死去的人又活下來的事，卻很少發生。別的走廊上的看守常到我們牢房裡來聊天。他們有時悄悄地掀開我的毯子，帶著內行的神氣察看我的創傷。然後按照各自的脾氣，說上幾句無聊的俏皮話，或者偽善地裝出一副同情的模樣。其中有一個——我們最初給他起的綽號叫牛皮大王——比別人來得都勤，他滿臉堆笑地探問這個「赤魔」需不需要點什麼。不，謝謝，不需要。過了幾天，牛皮大王終於看出這個「赤魔」需要點什麼了，那就是刮臉。於是他領來了一個理髮師。

這個理髮師是我最早認識的別的牢房裡的囚犯：包切克同志。牛皮大王的熱心幫了倒忙。老爹托著我的腦袋，包切克同志跪在草墊旁，用一把鈍了的刮臉刀努力在我那雜草般的鬍鬚中開出一條道來。他的手在顫抖，兩眼噙著淚水。他相信他是在替一個即將死去的人修臉。我竭力安慰他說：

「大膽點吧，朋友，我既然經受得住佩切克宮的拷打，也就經受得住你的刮臉刀。」

但我的力氣到底不行，因此我們倆只得不時停下來喘一口氣。

過了兩天，我又認識了兩個囚犯。佩切克宮的頭目們失去耐性了。他們派人來傳我去，儘管醫務官每天都在我的傳票上批著：「不能移動」，但他們卻不管，下命令無論如何也要把我抬去。於是兩名穿著雜役[5]制服的囚犯，扛來了一副擔架，擱在我的牢房門前。老爹費力地給我穿上衣服，同志們把我放在擔架上抬走了。他們當中有一個是斯科舍帕同志，後來在整個走廊裡當上了服務周到的「大叔」[6]，另外一個是……[7]下樓梯時，我從傾斜的擔架上往下滑，一個抬著我的人向我說道：

「扶住了。」

緊接著又放低聲音加了一句：

「要堅持。」[8]

這次我們沒有在接待室停留。他們把我抬得更遠，經過一條長長的走廊，一直向出口處走去。走廊裡擠滿了人——這一天是星期四，是囚犯們的家屬來取洗換的衣服的日子——他們都望著我們這個淒慘的行列，人們眼裡流露出哀憐。我可不大喜歡這個。於是我把手握成拳頭舉到頭上揮動。也許他們看見了會懂得我在向他們致意，或者沒有看清這個幼稚的動作，但我只能做到這樣了，我沒有更多的力氣。

到了龐克拉茨監獄的院子裡，人們把擔架放到大卡車上，兩名黨衛隊隊員坐在司機旁，另兩名緊握著打開了槍套的手槍站在我的頭邊。車開走了。道路實在太不理想：一個坑，兩個坑——沒開出兩百米，我就失去了知覺。這樣乘著汽車在布拉格街道上走，實在有些可笑：一輛可容納三十個犯人的五噸大

5　雜役是由蓋世太保指定一些案情較輕的犯人充當，他們負責料理獄中犯人生活上的雜務。

6　伏契克對斯科舍帕的尊稱。他當上雜役後，成了監獄集體裡最可靠和最機敏的偵察員。

7　手稿上未點名。

8　雙關語。

卡車，現在卻僅僅為了一個囚犯耗費汽油，並且前後各站著兩名黨衛隊隊員，手裡還握著槍，怒目盯著一具失去了知覺的軀體，唯恐他會逃走。

第二天，這個滑稽劇又重演了一遍。這次我一直支持到佩切克宮。審訊沒有多久，反共科的弗里德里希科員毫不客氣地「碰了碰」我的身子，於是我又在昏迷狀態中被運了回來。

我還活著這一點，現在已確定無疑了。疼痛是生命的孿生姊妹，它十分清楚地喚起了我對生命的感覺。幾乎整個龐克拉茨監獄的囚犯都知道我還僥幸地活著：從厚實的牆壁傳來的敲擊聲中，從送飯時雜役的眼神裡，他們送來了最早的祝賀。

只有我的妻子一點也不知道我的消息。她被單獨關押在我樓下的一間牢房裡，相距只有三四間牢房遠。她一直生活在痛苦和希望之中，直到有一天，在早晨半個小時「放風」的時候，隔壁一個女囚犯對她耳語，說我已經完了，說我在審訊時被打得遍體鱗傷，隨後死在牢房裡了。她得知這個消息後，在院子裡四下亂闖，眼前的一切都在旋轉；連女看守怎樣朝她臉上打了一拳表示「安慰」，並把她趕回行列裡去，以維護監獄的秩序，她都沒有感覺到。她那無淚的、善良的大眼睛茫然凝視著牢房的白牆，但她能望見什麼呢？第二天又傳給她另一個消息，說我沒有被打死，而是受不了那種折磨，在牢房裡上吊了。

那個時期，我一直在那可憐的草墊上扭動著。每天早晨和晚上，我都盡量側著身子睡，為了給我的古斯蒂娜唱她最心愛的歌。她怎能聽不見我的歌聲呢，我在那歌裡傾注了多少熱情啊？

現在她已經知道我的消息，聽見了我的歌聲，儘管她現在比過去離我更遠。現在連看守們都聽慣了二六七號牢房裡的歌聲，他們已經不再敲門命令我們安靜了。

二六七號牢房在歌唱。我歌唱了一生，我不明白，在這臨終之前，當我對生命感受特別強烈時，為什麼要停止歌唱。至於老爹佩舍克呢？啊，沒想到，他也是非常愛唱歌的。他既沒有音樂的聽覺，嗓子也不好，還缺乏記憶音樂的能力，但他卻如此善良而誠摯地迷戀著歌唱，他在歌唱中找到那樣多的歡樂，使我幾乎聽不出來他是怎樣從這個調子滑到另一個調子的，該唱「拉」的地方他卻固執地唱成「索」。我們就這樣歌唱著。在滿懷愁悶時我們歌唱，在明朗愉快的日子裡我們歌唱，我們用歌聲送別那也許永遠不會再見的同志，我們用歌聲歡迎來自東方戰線上的捷報。我們就像人們一向那樣歡欣地歌唱，永遠地歌唱，生命不息，歌聲不止。

沒有歌聲便沒有生活，猶如沒有太陽便沒有生命一樣。如今我們更是加倍地需要歌唱，因為陽光照不到我們這兒。二六七號牢房是朝北的，只有在夏季，落日的餘暉才把柵欄的影子斜射在東牆上很短時間。——這時老爹總是扶著床站起來，凝視著那轉瞬即逝的光輝……他的目光是這裡能見到的最憂鬱的目光了。

太陽！你這個圓圓的魔術師，如此慷慨地普照著大地，你在人們眼前創造出了這麼多的奇跡。然而生活在陽光裡的人卻是這麼少。是的，太陽一定要照耀下去，人們也一定要在它的光輝中生活。知道這個真理是多麼美好的事啊！但你畢竟還想知道一件遠比它不重要的事：太陽還能照到我們身上來嗎？

我們的牢房是朝北的。只有偶爾在夏季晴朗的日子裡，才能看到幾回落日。唉，老爹，我是多麼想再看一次日出啊！

第四章

「四○○號」

「四〇〇號」

死而復生是一件頗為奇怪的事。奇怪得難以言傳。當你在美麗的白晝從酣睡中醒來時，世界是迷人的。但死而復生時，白晝似乎比以往任何時候都更美，你彷彿睡了一個從未有過的好覺。你覺得自己很熟悉人生的舞台。但在死而復生醒來時，那就好像是照明師擰開了所有明亮的弧光燈，霎時一個通明透亮的舞台呈現在你面前。你會覺得你能看見一切，彷彿在你眼前安放著一架望遠鏡，上面再加一副顯微鏡。死而復生完全是一種春天的景象，好像春天正在顯示出一種你在最熟悉的環境裡都感覺不到的意外的魅力。

儘管你明明知道，這種景象只是瞬息即逝的，儘管你處在像龐克拉茨監獄這樣一個如此令人「愉快」、如此「豐富多彩」的環境裡。

他們把你帶出去的這一天終於到來了。這一天，他們傳你去審問，不是用擔架，而是自己走著去，儘管這好像是不可能的。扶著樓梯的欄杆和走廊的牆，與其說是用兩隻腳在走，不如說是用四隻腳在爬。難友們在樓下等著，他們把你扶進囚車。以後你就坐在那個裝著十個至十二個人的陰暗的流動牢籠裡。一些陌生的面孔朝你微笑，你也向他們笑笑；有人跟你耳語，但你不知道那個人是誰；你握了一個人的手，又不知道是握了誰的……然後車子突然一晃，開進了佩切克宮的通道，朋友們把你扶下車，走進一個四壁光光的寬敞的房間裡，五排[1]長凳整齊地排列著，人們挺直身子坐在上面，兩手扶膝，兩眼呆呆地凝望著面前的一面空牆……朋友，這就是你的新世界的一角——所謂的「電影院」。

---

1 原文如此。本書開頭寫的是六排長凳。

一九四三年五月的插曲

今天是一九四三年五月一日。碰巧是可以讓我寫作的那個人值班。多幸運啊，我又可以暫時做一個共產黨的新聞記者，報導這個新世界的戰鬥力量的五一節檢閱了！

不用期待我講述那飄揚的旗幟。完全沒有那回事。我甚至不能講述你們樂於聽的那些動人的故事。今天這裡一切都十分平常。既沒有像往年我所見到的通向布拉格街道的幾萬人所組成的洪濤巨浪，也沒有像我曾在莫斯科紅場上見到的壯闊的人海。這兒你見不到幾百萬人，哪怕幾百人都沒有。你只能在這裡看到幾個男女同志。然而你會感覺到，這已經不少了。是的，不少了，因為這是一種力量的檢閱，這力量正在烈火中冶煉，它不會化為灰燼，而會變成鋼鐵。這是戰鬥時在戰壕裡的一種檢閱。不過在戰壕裡人們往往是穿著灰綠色的野戰軍服的。

你也許覺得這都是些小事，當你有一天讀到我所報導的你未曾親身經歷過的這一切時，誰知道你能不能完全理解它。努力理解吧。你要相信，力量就在這裡。

隔壁牢房的早晨問候，通常是用敲打兩拍節的貝多芬樂曲送過來的，今天比平時敲得更莊嚴、更堅毅，而牆壁也用高昂的音調來傳達它。

我們穿上自己最好的衣裳。所有的牢房都是這樣。

我們全都裝束好了才吃早餐。在敞開的牢房門前，雜役們端著麵包、黑咖啡和水列隊走過。斯科舍帕同志發給我們三個大圓麵包，往常只有兩個。這是他對五一節的祝賀——一個小心謹慎的人的實際的慶賀。發給麵包時，他在麵包下面捏了捏我的手指。說話是不允許的，他們甚至還監視你的眼色——可是難道啞巴就不會用手指頭來清楚地說話嗎？

女犯們跑出來在我們牢房窗下的院子裡「放風」。我爬到桌上隔著柵欄朝下望，也許她們能看見我。她們真的瞧見我了。她們舉起拳頭向我致意。我也照樣還禮。院子裡，今天十分歡快而活躍，與往常完全兩樣。女看守一點沒有發覺，也許故意不去注意。這也同今天的五一節檢閱有關。

現在輪到我們「放風」了。我指揮早操。今天是五一節，朋友們，咱們用點別的操法開始，就讓看守們驚奇去吧。第一節：一——二，一——二，掄大鎚。第二節：割麥。鎚子和鐮刀。稍加想像也許同志們都會明白鎚子和鐮刀的意思。我四下張望。大家都微笑著，懷著極大的熱情反覆操練。他們全明白了。朋友們，這就是我們的五一節檢閱呀，這個啞劇也就是我們的五一節宣誓：赴湯蹈火，至死不渝。

我們返回牢房。九點正。現在克里姆林宮的大鐘正敲著十點[2]，紅場上開始檢閱。父親[3]啊，我們跟你一道前進！現在那裡已唱起〈國際歌〉，歌聲響徹全球，讓這歌聲也在我們牢房裡響起來吧。我們唱起來了。接著又唱了一支支革命歌曲。我們不願意孤單，而且我們也不孤單，我們是和那些現在自由地縱情歌唱的人們在一起的，是和那些同我們一樣在戰鬥著的人們在一起的……

同志們在牢獄，
在陰冷的拷問室，

---

2 布拉格時間比莫斯科晚一小時。

3 指斯大林。

你們同我們在一起啊，在一起，
儘管你們沒有在這個行列裡邊……[4]

是的，我們是同你們在一起的。

我們二六七號牢房，就準備用歌唱來莊嚴地結束一九四三年的五一節檢閱。是真的結束了嗎？為什麼女牢的那個雜役下午在院子裡來回走動，用口哨吹著〈紅軍進行曲〉、〈游擊隊之歌〉和別的蘇聯歌曲，難道不是在鼓勵男牢的同志們嗎？為什麼那個穿著捷克警察制服的男人，給我拿來了紙和鉛筆，此刻正在走廊裡警衛著，難道他不是在防止有人出其不意地抓住我嗎？另外那個人不是竭力鼓勵我寫這個報告，並把寫好的稿子帶出獄外，把它小心地藏起來，讓它在適當的時候問世嗎？為了這一小片紙，他們是可能掉腦袋的。他們之所以冒這種危險，是為了把鐵窗裡的今天和自由的明天連接在一起。他們正在戰鬥，堅貞無畏地戰鬥在自己的崗位上。他們根據不同的情況，機動靈活地用他們力所能及的各種手段參加戰鬥。他們是普通一兵，默默無聞地工作，誰也想像不到，他們進行的是一場生與死的搏鬥，在這場鬥爭中，他們是我們的朋友；在這場鬥爭中，他們不是勝利就是犧牲。

你大概十次、二十次地見到過革命的隊伍怎樣進行五一節的檢閱。那當然是雄壯的。但是只有在戰鬥中才能評價出這支隊伍的真正力量，認識到它是不可戰勝的。死比你想像的要簡單得多，英雄行為是沒有燦爛的聖光環繞的。而鬥爭則比你想像的要殘酷得多，要堅持鬥爭並把它引向勝利需要無比的力

4　這幾行詩是伏契克用俄文寫的。

量。你每天都能見到這種力量在活動，但卻不是常常都能意識到它，因為這一切顯得那樣簡單和自然。

今天，在一九四三年的五一節檢閱裡，你又重新意識到了這種力量。

五一節使這個報告中斷了一個時候。這也好。因為在這個光輝的節日裡，回憶會有些變樣的，今天歡樂占了優勢，也許會把回憶給渲染了。

但在回憶中，佩切克宮的「電影院」完全沒有歡樂可言。這是拷問室的前廳，你可以聽到從拷問室傳來別人的呻吟和令人毛骨悚然的慘叫，你不知道在那裡等待著你的是什麼。你看到一些身強力壯、精神抖擻的人從這兒出去，經過兩三小時的拷問，弄得身體殘廢、半死不活地回來。你會聽到一個洪亮的聲音答應著呼喚，——可是經過一個小時回來時，聽到的卻是由於疼痛和顫慄而發出的斷斷續續的窒悶的聲音。但還有一種更壞的：在這裡你也會見到這樣一種人，他們離去時，目光是正直而明朗的，回來時，卻不敢正視別人的眼睛。也許是在樓上偵訊處的某個地方，僅僅由於一下子的軟弱，一瞬間的動搖、一剎那的恐懼，或者起了想保護一下自己的念頭——結果使得今天或明天就會有些新的犯人，一些被過去的戰友出賣了的人來到這裡，他們將重新經歷這一切可怕的事情。

看見喪失了良心的人，比看見遍體鱗傷的人更可怕。假如你有被身邊走過的死神洗滌過的眼睛，假如你有被死而復生所喚醒的感官，不言而喻，你就會覺察出誰動搖了，誰或許已經叛變了，誰正在靈魂的某個角落考慮著這樣的事：如果出賣戰友中最微不足道的人使自己輕鬆一點，也許不會太壞吧。可憐的懦夫！用犧牲朋友的生命來保全的生命，還算什麼生命呢？

我頭一次坐在「電影院」裡的時候，好像還沒有這個想法。可是後來它卻反覆出現。這個想法的產生，恰恰是在那天早上，不是在「電影院」，而是在另一種環境裡，在人們最能相互了解的那個地方：「四〇〇號」。

我在「電影院」裡沒坐多久。也許是一個小時，或許是一個半小時以後，有人在我背後叫我。兩個穿便衣的、說捷克語的人攙扶著我進了電梯，開到四樓，把我帶進一間寬敞的房間，房門上寫著：

四〇〇號

在他們的監視下，我獨自坐在後邊靠牆的一把孤零零的椅子上。我帶著一種奇異的感覺環顧了一下四周。我覺得眼前的情景好像見到過。難道我來過這裡嗎？不，沒有來過。但我仍然知道這間屋子。我認識這個地方，夢見過它，在一個可怕的、熱病似的夢中見過它，這個夢把它扭歪了，可怕地改變了它的模樣，但卻沒有把它變得不能辨認。現在它是可愛的、充滿白晝的光輝和鮮明的色彩，隔著裝有細柵欄的大窗戶，可以看到梯恩教堂[5]、綠色的列塔納山岡和赫拉德恰尼古堡[6]。在夢中這間屋子是陰森森的，沒有窗戶，一道汙黃的光照亮了它，人們像影子似地在光線中移動。是的，那時這裡有些人。現在卻是空蕩蕩的，六排長凳緊挨著，好像一塊由蒲公英和毛茛組

5　布拉格一座雄偉的哥特式建築物，建於十四世紀末。

6　古堡位於布拉格市中心，地勢稍高，後為捷克總統府。

成的有趣的草坪。在夢裡，好像這兒擠滿了人，一個挨著一個坐在長凳上，面孔蒼白，血淋淋的。那邊，緊挨著門的地方，站著一個身穿破舊的藍色工作服，眼光痛苦的男人，他要求喝口水，喝口水，然後就像徐徐放下的帷幕，慢慢地、慢慢地倒在地上了……

是的，所有這一切都曾發生過，如今我才知道它並不是一個夢。現實本身就是如此殘酷和瘋狂。

這是我被捕和第一次受審的那天夜裡的事。他們曾把我帶到這裡來過三次，也許是十次。我記得，只有當他們需要休息一會兒或幹別的什麼事情時，才把我帶出去。我還記得，那時我赤著腳，冰冷的方磚曾經怎樣舒服地浸涼過我那被打傷的腳掌。

當時那些長凳上坐滿了容克工廠的工人。他們都成了蓋世太保夜間的捕獲物。那個站在門邊、穿著破舊的藍色工作服的男人，就是容克工廠黨支部的巴爾托尼同志，他是我被捕的間接原因。我這樣說，是不想為我的不幸命運去怪罪任何人。我的被捕倒不是因為同志中有誰叛變或怯懦，而僅僅是因為不慎和倒楣。巴爾托尼同志為他自己的支部尋找領導關係。他的朋友葉林涅克同志對秘密工作規定有點疏忽，告訴了他應當同誰取得聯繫。本來葉林涅克同志應當事先同我商量，這樣便可以不通過他也能把事情辦妥。這是一個錯誤。另一個更為嚴重更帶關鍵性的錯誤就是有一個姓德沃夏克的奸細騙取了巴爾托尼同志的信任。巴爾托尼同志也把葉林涅克的名字告訴了他，——這樣蓋世太保就開始注意葉林涅克一家了。並不是由於這些同志在兩年內勝利完成的主要任務，而是由於一件瑣碎的小事，由於完全忽略了秘密工作的規定。於是佩切克宮決定逮捕葉林涅克夫婦，正好那天晚上我們在他家聚會，蓋世太保出動了不少——這一切完全出於偶然。這件事本來不在蓋世太保的計畫之內，他們本來打算第二天才逮捕葉林涅克夫婦，可是那一天晚上在順利破獲了容克工廠的地下黨支部以後，他們勁頭上來了，就開車出來「兜兜風」。他們的突然襲擊固然使我們感到意外，而在這裡發現了我，卻使他們更加覺得意外。他們甚至不知道抓住的是什麼人。他們也許永遠不會知道，假如和我一起被捕的不是……

經過相當一段時間，我才對「四〇〇號」有了這些認識。那一回我不是獨自一個人在這裡，長凳上和牆旁邊都擠滿了人。審訊在進行，每時每刻都充滿著意外：一種是我不明白的奇怪的意外，一種是我很明白的壞的意外。

然而我的第一個意外不屬於以上的任何一種，那是一件愉快的小事，不值一提。

第二個意外：四個人魚貫地進到屋子裡，用捷克語向穿便衣的看守問好，——又向我問好，然後坐在桌子後邊，攤開公文紙，抽起香菸來，態度完全怡然自得，好像他們就是這裡的官吏似的。可是我明明認得他們，至少認得其中的三個人，他們為蓋世太保服務嗎？不可能！或許是的，他們真的在這裡服務！這明明是 R.，早先是黨和工會的書記，雖然他性情有些粗暴，但為人厚道——不，這不可能！這是安卡・維科娃，儘管頭髮斑白，但仍不失為一個端莊美麗、堅強不屈的戰士——不，這不可能！而那個瓦舍克，曾在捷克北部一個礦井裡當過泥瓦匠，後來就任那個地區的區委書記，我哪能不認識他呢？我們在北方一同參加過那樣多的戰鬥[7]！蓋世太保能使他屈服？不，不可能！但是他們為什麼在這裡呢？他們在這裡幹什麼呢？

我在這些問題上還沒找到答案，新的問題又發生了。他們帶進來米列克、葉林涅克夫婦和弗里德夫婦。是啊，我知道這些人，不幸得很，他們是同我一道被捕的。但是為什麼藝術史家巴維爾·克羅巴切克也在這裡呢？這個人曾幫助米列克在知識分子中間做些工作。除了我和米列克又有誰知道他呢？為什麼那個被打腫了臉的細長個子的青年人，向我示意我們互不相識呢？我倒真的不認得他。這到底是誰呢？什基赫？什基赫醫生嗎？茲登涅克？唉，上帝，這麼說，一大批醫生也遭了殃。除了我和米列克，有誰知道他們呢？為什麼在牢房審訊我時問起了捷克知識分子呢？他們怎麼會發現我的工作同知識分子的工作有關係呢？除了我和米列克以外有誰知道呢？

答案不難找到，然而這個回答卻是嚴重的、殘酷的：米列克叛變了，米列克招供了。最初我還抱著一線希望，也許他還沒有全部供出來，等他們把另一批囚犯帶上樓來時，我看見了：

弗拉迪斯拉夫·萬楚拉[8]，費伯爾教授和他的兒子，被打得變了樣、叫人難以認出的貝德日赫·瓦茨拉維克[9]，鮑日娜·布爾帕諾娃，英德日赫·埃爾勃爾，雕塑家德伏沙克，凡是參加過或應邀參加捷克知識分子民族革命委員會的人都在這

7　指一九三二年春捷克北部礦工大罷工。

8　弗拉迪斯拉夫·萬楚拉（1891-1942），捷克進步作家、共產黨員，後遭殺害。

9　貝德日赫·瓦茨拉維克（1897-1943），捷克著名批評家、共產黨員，後遭殺害。

兒了。米列克把知識分子的工作全部供出來了。

我在佩切克宮的最初幾天是難熬的。但這件事卻是我在這裡受到的最沉重的打擊。我期待的是死而不是叛變。無論我怎樣想寬大地評判，無論我怎樣尋找可以原諒的各種情況，無論我怎樣想他不至於出賣，我都找不出別的說法，這就是叛變。瞬息間的動搖也罷，怯懦也罷，或者是被折磨得要死以致處在昏迷和狂亂中尋求解脫也罷，這一切都不能使人饒恕。

現在我才明白，為什麼蓋世太保在第一個晚上就知道了我的名字。現在我才明白，為什麼安妮奇卡·伊拉斯科娃也到這裡來了，原來我曾在她那兒同米列克碰過幾次頭。現在我才明白，為什麼這裡會有克羅巴切克，會有什基赫醫生。

從那以後，我幾乎每天都得來「四〇〇號」，每天都會了解到一些新的情況——一些可悲的、令人毛骨悚然的情況。哼，這個人，這個曾經有骨氣的人，在西班牙前線冒過槍林彈雨，在法國集中營的嚴酷考驗中沒有屈服過，現在卻在蓋世太保的皮鞭下嚇得面無人色，為苟且偷生而出賣別人。他的勇氣是那樣的差，只是為了少挨幾鞭子。他的信仰也同樣不堅定。在集體裡，在志同道合的人中間，他曾是堅強的。他之所以堅強，是因為他想著他們。現在，當他被孤立，被敵人包圍，在拷問下他就完全失去了自己的力量。他失去了一切，因為他開始只想自己了。為保住自己的軀殼，他不惜犧牲朋友。他屈從於怯懦，由於怯懦而叛變了。

當他們在他身上搜到文件時，他沒有暗下決心：寧死也不譯出密碼。他譯了。他供出了一些人的名字，供出了一些秘密工作聯絡點。他把蓋世太保的密探領去同什基赫會面。讓蓋世太保去瓦茨拉維克和克羅巴切克會晤的德伏沙克家。他供出了安妮奇卡。甚至還供出了麗達，那個曾經愛他的堅強勇敢的姑娘。幾鞭子他就吃不消了，就能使他供出他所知道的事情的一半，而當他確信，我已經死了，沒有人會來對質的時候，他就把其餘的一半也供了出來。

他的這種行為對我倒沒有什麼傷害，我反正是在蓋世太保的手裡了，還能怎麼樣呢？相反地，他的供詞只是偵訊所依賴的初步線索，可以說是交出了鎖鏈的一端，以下的環節卻握在我的手裡，而他們又是非常需要解開這些環節的。正因為這樣，我和我們這批人中的大部分人能活到戒嚴期以後。在這個案子裡，如果米列克忠於自己的職責，就不會牽連一大批人。我們兩人也許早已死了，但另一些人可能活著；我們倒下去了，可另一些人卻會繼續工作。

懦夫失去了比自己生命更多的東西。米列克就是這樣。他從光榮的隊伍中逃跑了，連最卑鄙的敵人都瞧不起他。他雖生猶死，因為他被集體所摒棄。後來他也力求彌補一下自己的罪過，但他再也不能回到集體中來了。在監獄裡被唾棄，比在其他任何地方都更為可怕。

囚徒和孤獨——這兩個概念通常被混為一談。其實這是一個天大的錯誤。囚徒並不孤獨。監獄是一個偉大的集體，即使用最嚴厲的隔離手段也不能使人脫離這個集體，如果這個人自己不把自己孤立起來的話。在這裡，那些受壓迫者的兄弟般的友愛具有一種堅強的力量，它把人們凝結成一個整體，鍛煉他們，使他們的感覺更加敏銳。它能穿透那活著的、能說話和傳遞消息的高牆，把整個一層樓的牢房連結起來，這些牢房是由它們共同的苦難、共同的「哨兵」、共同的雜役，以及在新鮮空氣裡共同的半個小時「放風」連結在一起的；利用「放風」時說一句話或做一個動作，就能探聽到消息或者保住一個人的生命。在囚犯們一同去受審、一塊坐在「電影院」或一道回來時，這種兄弟般的友愛將整個監獄都連在一起了。這種友愛很少是用語言而是用巨大的行動來表現的，只簡單地捏一捏手或偷遞一支菸就足以打破那關住你的牢籠，把你從那毀滅性的孤寂中解救出來。監獄裡有手；當你受刑回來時，你會感覺到這些手在怎樣支撐著你，使你不至於倒下；當敵人竭力用飢餓把你趕到死亡的邊緣時，你會從這些手裡得到食物。監獄裡有眼睛；它們在你赴刑場時看著你，使你知道，你必須昂首闊步走去，因為你是他們的兄弟，你不應該用不堅定的步伐來削弱他們的鬥志。這是一種用鮮血換來的不可征服的兄弟友愛。如果沒有這種友愛的支持，你就連命運中所遭受到的十分之一的痛苦都忍受不了。無論是你或者任何別人都忍受不了。

在這個報告裡——如果我能繼續寫下去的話（因為我們不知道什麼時候就會離去），將要常常出現作為這一章的標題的幾個字：「四〇〇號」。一開始我只把它當成一個房間，我在那裡的最初幾個鐘頭，印象是不愉快的。但這不是一個房間，這是一個集體。一個愉快的、戰鬥的集體。

「四〇〇號」產生於一九四〇年，正是反共科加強活動的時候。它是候審室——「電影院」的分院，也就是一間犯人候審室，是專為共產黨人設立的，免得為了每一個問題都把犯人從一樓拖到四樓來。犯人應當經常在偵訊官旁邊，這樣審問起來才方便。這就是他們設立「四〇〇號」的目的。

只要有兩個犯人——尤其是兩個共產黨員聚在一起，不用五分鐘就會形成一個能破壞蓋世太保的一切計畫的集體。

一九四二年，「四〇〇號」簡直就叫做「共產黨中央」了。它經過了許多變遷：數千名男女同志曾在這些長凳上輪流坐過，但其中有一點卻是不變的，那就是集體主義的精神、對鬥爭的忠誠和對勝利的信心。

「四〇〇號」——這是一個遠遠突出在前沿的塹壕，被敵人從四面八方包圍著，成了敵人的火力目標，但從來沒有閃現過投降的念頭。紅旗在它上面飄揚。這裡表現出了為爭取自己的解放而鬥爭的全體人民的團結一致。

在樓下，在「電影院」裡，穿著高統靴的黨衛隊隊員來回巡邏，你的眼睛眨一眨都要被他們喝叱。而在「四〇〇號」裡，監視我們的是捷克警官和警察局的密探，他們是以翻譯的身分為蓋世太保服務的，有的出於自願，有的是反動當局派來的，有的作為蓋世太保的幫凶，有的作為捷克人來履行自己的職責，但也有的介於這兩者之間。在「四〇〇號」裡，可以不用兩手扶膝、兩眼直瞪、挺直了身子坐著。在這裡，你可以比較自由地坐著，你能夠東張西望，打個手勢——有時甚至可以更加隨便些，但要看情況，要看是這三種人中哪一種人值班。

「四〇〇號」——是最能深刻認識被稱為「人」的這種動物的地方。在這裡，由於死亡的逼近，赤裸裸地暴露著每一個人——那些左臂上纏著紅布條的共產黨犯人或共產黨的嫌疑犯，同時也暴露出那些看守和在不遠的房間裡參加審問的人。在審問中，言語可以成為一種盾牌或一種武器。但在「四〇〇號」裡卻不能用言語來掩飾。這裡重要的不是你的言語，而是你內心的一切。在你內心裡只剩下最本質的東西了。一切次要的東西，一切能掩蓋、緩和或粉飾你性格中最本質的特徵的那些東西，都被臨死前的旋風一掃而光。剩下的只有最簡單的主語和謂語：忠實者堅定，叛徒出賣，庸俗者絕望，英雄們鬥爭。每個人身上都存在著力量和軟弱、勇敢和膽怯、堅定和動搖、純潔和骯髒。而在這裡，只能夠存在其中的一種，非此即彼。假如有人想不露聲色地游離於這二者之間，那他就會比一個帽子上插著黃色羽毛，手裡拿著鐃鈸，在出殯的行列裡跳起舞來的人更惹人注目。

這種人在犯人中間有，在捷克警官和密探當中也有。審訊時，他給帝國[10]上帝燒香。而在「四〇〇號」裡，他也給布爾什維克「赤魔」燒香。在德國警官那裡，他可以為了迫使你供出聯絡員的名字，打掉你的牙齒。而在「四〇〇號」裡，他可以裝出友善的樣子，遞給你一塊麵包表示關心，使你不至於挨餓。在搜查時，他把你的住宅搶劫一空。而在「四〇〇號」裡，他卻可以塞給你半支搶來的菸捲，表示對你的同情。還有另一種人——可以說是這類人的變種，他們從來沒有主動地害過誰，但也沒有幫助過誰。他們只關心自己的性命。因此他們很敏感，這使他們成為明顯的政治氣壓表。他們很凶或者打官腔嗎？那準是德寇在向斯大林格勒進攻了。他們和顏悅色，還同犯人聊天嗎？那就是形勢好轉：德寇準是在斯大林格勒吃了敗仗。他們如果開始敘述自己原是捷克人的後裔，談他們是怎樣被迫地給蓋世太保服務時，那就好極了：準是紅軍已經推進到羅斯托夫了。——他們中間還有這樣一些人：當你快淹死的時候，他們袖手旁觀；而當你自己爬上岸時，他們卻欣然向你伸出手來。

這種人感覺到了「四〇〇號」這個集體，並且想竭力接近

10　指納粹德國。

它，因為他們意識到它的力量。但他們從來不屬於它。還有另外一種人，他們一點也沒有意識到這個集體的存在，我想把他們叫做劊子手，但即使是劊子手，也還是屬於人的一類呀。而這些滿口說著捷克話、手裡拿著木棍和鐵棒的猛獸，折磨起捷克犯人來，卻殘酷得連很多德國蓋世太保都不敢看。他們甚至用不著偽善地藉口說這是為了本民族或帝國的利益，他們折磨人和殺人完全是為了取樂，他們打掉你的牙齒、刺破你的耳膜、挖掉你的眼睛、割掉你的生殖器、敲碎受刑者的腦袋，一直把你殘酷折磨致死。這種殘忍找不到任何別的解釋——完全是獸性的發作。每天你都見到他們，每天你都不得不同他們打交道，你不得不忍受他們的折磨。他們在場使整個空氣都充滿了血腥味和慘叫聲。他們在場能幫助你增強信念：即使他們把罪行的見證人統統殺死，也還是逃不脫正義的審判。

但是就在他們旁邊，就在同一張桌子的後面坐著另一些人，看上去彷彿也是屬於相同職務的人，這些人用大寫的「人」字來稱呼倒是極其正確的。他們把監禁犯人的機構變成了犯人自己的機構，他們幫助建立了「四〇〇號」這個集體，他們把自己的整個身心、全部勇氣都獻給了它。他們不是共產黨員，這更顯出他們精神的偉大。恰恰相反，他們從前在警察局工作時，還幹過反共的事，可是後來當他們看到共產黨人在跟德國占領者作鬥爭，便認識了共產黨的力量，明白了共產黨人對於整個民族的意義，從此他們便忠實地為這一共同的事業服務，並且幫助每一個坐在牢獄中的長凳上卻依然忠於這一事業的人。獄外的許多戰士，如果想到自己一旦落入蓋世太保的手裡將會經歷怎樣的恐怖遭遇時，可能會有些躊躇吧。但這一切恐怖情景卻每日每時都出現在這些戰士的眼前，每日每時他們都可能被列入犯人的行列，很可能遭到比別人更痛苦的磨難。但他們仍然毫不動搖，努力拯救了數以千計的人的生命，減輕了一些無法援救的人的悲慘命運。英雄的稱號應屬於他們。如果沒有他們的努力，「四〇〇號」永遠也不會像現在這樣，像數千個共產黨人所見到的那樣：它是那座黑暗的房子裡的光明的地方，是敵後根據地，是直接在占領者的虎穴中為自由而鬥爭的中心。

第五章

雕像與木偶（一）

馬・什瓦賓斯基畫的伏契克肖像

我向那些經歷過這個時代而幸存下來的人提出一個要求。請你們不要忘記，既不要忘記好人，也不要忘記壞人。請你們耐心地收集一下那些為著自己也為著你們而犧牲了的人們的材料吧。今天終將成為過去，人們將談論偉大的時代和那些創造了歷史的無名英雄們。我希望大家知道，沒有名字的英雄是沒有的。他們每個人都有自己的名字、面貌、渴求和希望，他們當中最微不足道的人所受的痛苦並不少於那些名垂千古的偉人。希望所有這些人都能使你們感到像自己的熟人，像自己的親人，像自己那樣親切。

整整一代的英雄慘遭屠殺。愛他們吧，哪怕熱愛其中的一個，就像熱愛親生兒女一樣地愛他吧，因為他是一個為著未來而生活過的偉大的人而驕傲吧。每一個忠實於未來、為了美好的未來而犧牲的人都是一座石質的雕像。而每一個妄想阻擋革命洪流的腐朽過時的人，即使他現在帶著金色的肩章，他也只能是一個朽木雕成的木偶。但也需要看看這些活木偶是多麼卑鄙可憐，看看他們是多麼殘暴和可笑，因為這些都是將來有用的材料。

我下面所要講的，僅僅是些原始材料，是見證人的供詞。這只是一些殘缺不全的材料，因為我能看到的只是很小的一部分，而且是不可能有寬廣的眼界的。然而這些片斷卻具有真實情況的本質特點：偉大與渺小，雕像與木偶。

葉林涅克夫婦

約瑟夫和瑪麗亞。丈夫是電車工人，妻子是女僕。有必要看一看他們的住宅。樸素大方、光滑而時新的家具，小書架，小塑像，牆上掛著一些相片，房間非常潔淨，潔淨得難以置信。你也許會說，女主人把整個心靈放在這間屋子裡了，對外界一無所知。那才不是呢！她很早就是共產黨員了，她盡自己的一切力量實現那夢寐以求的正義的理想。夫婦倆都忠實地、默默無聞地工作著。在占領時期，面對艱巨的任務，他們從來沒有退卻過。

三年以後，蓋世太保闖進了他們的住宅。他們倆並肩站著，舉起了手。

一九四三年五月十九日

今天夜裡他們要把我的古斯蒂娜送到波蘭去「做工」。送去服苦役，送到那傷寒病的死亡區去。也許她還能活幾個星期，或兩三個月。我的案子據說已經移交法院了。這就是說，我在龐克拉茨監獄還有一個月的拘留期，以後再有不長的時間就完結了。我這個報告看來是寫不完了。這些日子裡如果有機會的話，我還想繼續寫下去。不過今天是不行了。今天我的整個腦子和心都被古斯蒂娜占去了。她品格高尚、誠摯熱情，她是我艱難而不安定的生活中的珍貴而忠貞的伴侶。

每天晚上我給她唱她心愛的歌：歌唱那草原上的綠草，歌唱那光榮的游擊戰爭，歌唱那為自由而同男子並肩作戰的哥薩克姑娘，歌唱她那剛毅的英雄氣概，歌唱她怎樣在一次戰鬥中「倒了下去，再也沒有站起來」。

這就是我的戰友。在這個面貌端莊、有一雙脈脈含情的孩子般的大眼睛的小個子女人身上，蘊藏著多少力量啊！鬥爭和經常的離別使我們變成了一對永恆的情侶，我們不只一次而是數百次地在生活中感受到那初次會面和初次撫摸時的激情。無論在歡樂或憂愁、激動或哀傷的時刻，我們的心總是跳動在一起，我們的呼吸總是融合在一起。

多年來我們一塊工作，完全像朋友似的互相幫助。多年來她都是我的第一個讀者和第一個批評者。如果沒有她那愛撫的目光督促著，我便很難寫下去。多年來我們並肩參加過無數次鬥爭，多年來我們攜手遊逛過使我們著迷的城郊。我們經常陷入貧困，但我們也感到過極大的快樂，因為我們擁有窮人的財富：那就是內心的一切。

你要問古斯蒂娜嗎？古斯蒂娜是這樣的人：

那是去年六月中旬戒嚴時的事了。她在我們被捕六個星期以後第一次見到我，在那痛苦的六個星期裡，她被單獨關在一間牢房裡苦苦地思索著人們傳給她的關於我死去的消息。她是被叫來「軟化」我的。

「您勸勸他吧，」當她同我對質時，反共科的科長對她說。「勸勸他，讓他放聰明點。不為自己著想，至少也應該替您想想呀。給你們一小時的時間考慮。如果他還是這樣的頑固，今天晚上就把你們倆都給槍斃了。」

她用愛撫的目光瞟了我一眼，然後簡捷地回答：

「科長先生，這對於我不是恐嚇，倒正是我的最後請求。你們如果要處決他，把我也一起槍斃好啦！」

這就是古斯蒂娜！這就是愛情和堅貞。

他們能奪走我們的生命，不是嗎，古斯蒂娜？但是他們奪不走我們的榮譽和愛情。

啊，人們呀，你們能夠想像出我們將會怎樣生活嗎，假如我們度過了這番苦難而又相逢在一起的話？假如我們在閃耀著自由和創造的美好生活裡又重逢的話？假如我們在如此渴望並為之努力的，而今要為它赴湯蹈火的美好生活一旦實現之後又相聚在一起的話？啊，即使我們死了，我們也仍將分享你們巨大幸福中的一小部分，因為我們為這個幸福獻出了自己的生命。這就是我們的歡樂所在，雖然人世間的分別是悲哀的。

他們不允許我們倆告別，也不讓我們擁抱和握手。只有把查理廣場[1]同龐克拉茨監獄聯繫在一起的監獄集體，給我們倆傳遞彼此命運的信息。

古斯蒂娜啊，你知道，而我也明白，我們大概再也不會見面了。可是我依然聽到你從遠處傳來的喊聲：再見吧，我親愛的！

別了，我的古斯蒂娜！

我的遺囑

我除了書櫥以外，別的一無所有。但蓋世太保把它搗毀了。

我寫過許多文學評論和政論文章、報告文學作品、文藝短論、戲劇評論和發言稿。其中有許多是關於某個時期的東西，隨著時間的消逝而消逝。這些可以不去管它。但也有些是有生命力的東西，我希望古斯蒂娜把它們整理出來。不過現在這個希望也難於實現了。因此我請求我忠實的朋友拉迪斯拉夫·什托爾[2]把它們收集、整理成五個集子[3]：一、政論和論戰集；

---

1 位於布拉格市中心區，當時古斯塔被囚禁在廣場上的監獄裡。

2 拉迪斯拉夫·什托爾（1902-1981），捷克著名文藝理論家、批評家，曾任《捷克文學》雜誌主編。

3 伏契克的遺作後來由他的夫人和什托爾編成《尤利烏斯·伏契克文

二、國內報告文學選集；三、蘇聯報告文學選集；四和五、文藝和戲劇的評論和專論集。

這些作品大部分可在《創造》雜誌和《紅色權利報》上找到，有些發表在《樹幹》、《泉源》、《無產階級文化》、《時代》、《社會主義者》、《先鋒隊》及其他雜誌上。

在出版家吉爾加爾（我愛他那毋庸置疑的勇氣，敢於在占領時期出版我寫的《戰鬥的鮑日娜·聶姆曹娃》[4]）那裡，有我寫的論尤利烏斯·澤耶爾[5]的論文。另外一部分關於沙賓納[6]的專論和關於揚·聶魯達的札記，藏在葉林涅克夫婦、維蘇希爾和蘇哈涅克夫婦住過的房子裡。現在這些人大部分已經不在世了。

我還著手寫了一部關於我們這一代人的長篇小說[7]。有兩章在我的父母那裡，其餘的大概已經散失了。我在蓋世太保的卷宗裡看見了我的幾個短篇小說的草稿。

我囑咐未來的文學史家要愛護揚·聶魯達。他是我們最偉大的詩人，他的眼光已遠遠地超越過了我們這個時代而看到了未來。但直到現在還沒有一部著作是理解他和肯定他的功績的。需要向讀者指出聶魯達是一個無產者。人們總把他同小城區[8]那種庸俗的田園詩聯繫在一起，而看不到，對於這個有著

集》，布拉格「自由」出版社出版，共十二卷。

4　聶姆曹娃（1820-1862），捷克批判現實主義文學的奠基人，代表作有《外祖母》等。

5　澤耶爾（1841-1901），捷克詩人。

6　卡雷爾·沙賓納（1813-1877），捷克著名文學批評家、歌劇作詞者。

7　題為〈彼得的上一代〉。

8　「小城」是布拉格的一個區，名勝古蹟較多，有布拉格「珍珠」之

「田園詩情調」的古舊的小城區說來，聶魯達是個「逆子」；他們看不到，聶魯達出生在小城區和斯米霍夫區[9]的邊界上，在工人住宅區裡長大；他們看不到，他為了寫《墓地之花》而到小城區的墓地去，必須經過林霍夫爾工廠。看不到這些，你就無從了解從寫《墓地之花》到〈一八九〇年五一節〉[10]的聶魯達。有些批評家，甚至像沙爾達[11]這樣有眼光的批評家，竟然認為聶魯達的新聞工作妨礙他的詩歌創作。這真是無稽之談。相反，正因為他是新聞記者，他才能寫出像〈謠曲與故事詩〉、〈星期五之歌〉以及大部分〈平凡的主題〉這樣的壯麗詩篇。新聞記者的工作也許使人疲憊，耗費精力，但卻使聶魯達同讀者接近，對他寫詩有幫助，特別是對聶魯達這樣一個正直的記者來說。聶魯達如果離開了僅有一天的生命力的報紙，或許能寫出許多詩集來，但卻不能寫出一本像他現在創作的超越本世紀而經得起時間考驗的作品。

也許有人能夠完成我對沙賓納的論述。這是值得做的。

我想用自己的全部勞動所得，來保障我的父母度過美好的晚年，以報答他們的愛和他們平凡而高貴的品質。當然我的全部勞動並不是僅僅為了這個目的。希望他們不要因我不在他們

稱，居民大多為小資產階級。聶魯達的《小城故事》即描寫這些人的生活。

9 斯米霍夫是布拉格的工人區。伏契克的意思是說聶魯達的立場介於小資產階級和工人階級之間並向工人階級轉變。

10 《墓地之花》（1857）是聶魯達的第一部詩集，帶有一八四八年革命失敗後籠罩著歐洲青年一代知識分子的悲觀情緒。〈一八九〇年五一節〉（1890）則是詩人最後的著作，是一篇充滿希望的戰鬥的雜文。

11 沙爾達（1867-1937），捷克較有影響力的文學批評家。

身邊而感到憂鬱。「勞動者死了，但勞動果實卻長存。」在圍繞著他們的溫暖和光明中，我將永遠在他們身旁。

我請求妹妹莉芭和維爾卡[12]，用自己的歌聲來幫助父母忘卻我們家中的損失。她倆從家裡來佩切克宮探望我們時已經流了不少眼淚，但歡樂卻活在她們心中，為了這個我愛她們，為了這個我們彼此相愛。她們是歡樂的傳播者——願她們永遠是歡樂的傳播者吧！

經歷過這次最後的鬥爭而活下來的同志們，以及繼我們之後參加鬥爭的同志們，我緊緊地握你們的手。我替我自己也替古斯蒂娜握你們的手。我們已經盡到了自己應盡的義務。

再重複一遍：我們為歡樂而生，為歡樂而戰鬥，我們也將為歡樂而死。因此，永遠也不要讓悲哀同我們的名字聯繫在一起。

尤・伏

一九四三年五月十九日

一九四三年五月二十二日

案子已經結束並簽了字，我在法院偵查員那兒的事昨天就結束了。一切進行得比我預料的更快，他們似乎在抓緊辦理。同我一起被起訴的還有麗達・普拉哈和米列克。米列克的叛賣行為並沒有給他帶來什麼「便宜」。

在偵查員那裡是那樣嚴厲而冷酷，單是那副樣子就叫人寒心。在蓋世太保那裡還可以感覺到有點生活，雖然是可怕的，

12　維爾卡是維拉的愛稱。

但畢竟還算是生活。那裡甚至有熱情，一邊是戰士的熱情，另一邊是獵人的、掠奪者的，或者簡直就是強盜的熱情。另一邊的這種熱情中甚至還有人有一種類似信仰的東西。可是在這裡，在偵查員那裡，卻只是一個例行公事的衙門。外衣翻領處的那個大卐字章表明了他內心並沒有信仰。它不過是一種盾牌，在它後面躲著一個可憐的小官吏，他總想苟且偷安地度過這個時代。他對被告既不好也不壞，既不笑也不愁。他只是例行公事。他沒有血，只有一種稀薄的液體。

他們寫了報告，簽了字，分條列目都弄好了。理出了我的六大罪狀：陰謀顛覆德意志帝國、準備武裝暴動……不知道還有些什麼。其實只要有其中隨便哪一條就足夠了。

十三個月來，我就在這裡為同志們和我自己的生命鬥爭。我鬥爭得既大膽又狡黠。他們把「北方人的狡黠」列入他們的懲辦條款中。我想在這一點上我是可以承認的。我之所以失敗，是因為他們除了狡黠之外，手裡還有斧頭。

這次較量算結束了。現在只需要等待。大約再有兩三個星期起訴書就可編造出來，然後啟程到帝國去等候審問和判決，最後還有一百天等著處死。前景就是這樣。這麼一來，我還有四個月或者五個月的生命。在這個時期內，可能有很多變化。一切都可能改變。可能的。在監獄裡我很難判斷這個。而監獄外面一些事情的迅速發展也可能加快我們的死亡。因此，情況還是一樣。

這就是希望和戰爭在賽跑。死和死在競賽。是誰的死來得快：是法西斯的死還是我的死？這難道只是我一個人提出來的問題嗎？不是的，幾十萬囚犯，幾百萬士兵，整個歐洲以及全世界億萬人民都提出了這個問題。有的人希望大一些，有的人希望小一點。但這都只不過是一種表面的現象。正在崩潰的資本主義用恐怖統治著整個世界，致命的災難威脅著每一個人。那些幸存下來的人能夠說：「我活過了法西斯時代。」而在說這話之前，幾十萬人——而且是些怎樣的人啊！——卻正在倒下去。

決定性的時刻只剩下幾個月了，不久就只剩下幾天了。正是這些日子顯得特別殘酷。我常常在想，做最後的一名士兵，在戰爭的最後一秒鐘裡，被最後的一粒子彈射入他的胸膛，這該是多麼懊喪的事啊！但總得有人當這最後的一個呀。假如我能知道，那最後的一個就是我的話，我情願馬上就去赴死。

我在龐克拉茨監獄裡逗留的時間已經屈指可數了，已經不允許我把這個報告寫成我希望的那樣。我必須寫得更簡短些。這個報告與其說是整個時代的見證，毋寧說是對一些人的見證。我想這點是更為重要的。

我從葉林涅克這對夫婦開始寫我的人物——這是兩個普通人，平時誰也看不出他們是英雄。在被捕的那會兒，他們倆並肩站著，他面色蒼白，她的雙頰帶有肺結核患者的紅暈。當她看到蓋世太保在五分鐘內就把那陳設整齊的房間弄得個亂七八糟的時候，她的眼睛顯得有些驚恐。隨後她慢慢地轉過頭來問自己的丈夫：

「佩巴[13]，現在怎麼辦？」

向來寡言少語、詞不達意、一說話就激動不安的約瑟夫，這時卻平靜而毫不緊張地答道：

13　約瑟夫的愛稱。

「我們去死，瑪麗亞。」

她沒有喊叫，也沒有搖晃，只用一種美麗的姿態把手放了下來，就在槍口對準他們的情況下，把手遞給了他。為此，她同她丈夫的臉上都挨了第一拳。她擦了擦臉，驚奇地看著這幾個不速之客，帶著幾分幽默的口氣說：

「這麼漂亮的小伙子，」她的聲音逐漸強硬起來。「這麼漂亮的小伙子……原來是這樣的野蠻人。」

她說得很對。幾個鐘頭之後，她被打得不省人事，被帶出了「審訊官」辦公室。但他們並沒有能夠從她嘴裡掏出一點東西，不僅這一次，後來也永遠沒有。

我不知道，在我躺在牢房裡不能受審的那些日子裡他們倆的情況怎麼樣。但我知道在整個這段時間裡他們倆什麼也沒說。他們等待著我。後來佩巴還有很多次被他們捆綁起來，打了又打，但他沒有吭一聲，直到我能悄悄地告訴他，或者至少跟他遞個眼色，暗示他哪些可以說，或者應該怎麼說，以便攪亂他們的審問時為止。

我在被捕之前，知道瑪麗亞素來是一個富於感情、愛哭的女人。但在蓋世太保監獄裡的整個期間，我卻從來沒見到過她眼裡含有淚水。她很愛自己的家，但當獄外同志為了安慰她，讓人轉告她說，他們知道誰偷走了她家的家具，並且正在密切監視盜竊者的時候，她卻回答說：

「家具隨它去吧。請他們不要在這上面費心了。還有更重要的事情需要他們辦。現在他們必須代替我們工作。首先應當把最主要的事料理好。如果我能活下來，我自己會把家料理好的。」

一天，他們把這對夫婦分頭押走了。我打聽過他們倆的下落，但只是徒勞。在蓋世太保那裡，人們無影無蹤地死去，卻在千百座墓地裡播下了種子。唉，這可怕的播種，將會有怎樣的收穫呢！

瑪麗亞最後的囑託是：

「上級，請轉告外面的同志，不要為我難過，也不要被這件事嚇住。我做了工人階級要求我做的一切，我也將按照它的要求去死。」

她「只不過是一個女僕」。她沒受過古典文學的教育，也不知道從前有人曾經說過：

「過路人，請告訴拉刻代蒙的人們，我們依照他們的囑託，倒在這裡犧牲了。」[14]

維蘇希爾夫婦

他們和葉林涅克夫婦住在一幢樓裡，兩家緊挨著。他們也叫約瑟夫和瑪麗亞，是一個下層小職員的家庭，他們倆都比鄰居的年歲稍大些。約瑟夫在第一次世界大戰中應徵入伍時，還是努斯列區[15]裡的一個十七歲的高個子青年。幾個星期後，人們把他抬回來時已經打碎了一個膝蓋，後來一直沒治好。他同瑪麗亞是在布爾諾一個野戰醫院裡認識的，那時她是個護士。她比他大八歲，瑪麗亞同她的前一個丈夫生活得很不幸，於

14　拉刻代蒙是古希臘的一個地區。公元前四八〇年希臘波斯戰爭中，拉刻代蒙王親率三百名戰士固守希臘東部的溫泉關，在敵人四面包圍下英勇奮戰，直至最後一人。後人在此給他們立了一座碑，上刻古希臘詩人凱奧斯的西蒙尼德斯寫的這段碑文。

15　布拉格東南郊的一個工業區。

是便離開了他。戰爭結束後，她就同約瑟夫結了婚。她對待他的態度始終像護士，又像母親。他們倆都不是無產階級家庭出身，也沒形成一個無產階級家庭。他們通向黨的道路是比較艱難複雜的，——但他們終於找到了黨。像許多類似的情形一樣，這條路是通過蘇聯達到的。早在德寇占領以前，他們就明白了應該朝哪個方向努力。他們曾在家裡掩護過一些德國同志。

在最困難的年代裡——蘇聯被入侵和一九四一年的第一次戒嚴期間，中央委員會的全體成員就在他們家開過會。經常在他們家借宿的有洪扎·齊卡和洪扎·切爾尼，而以我的次數為最多。《紅色權利報》的許多文章就是在這裡寫的，許多決議是在這裡通過的，就在這裡我第一次認識了「卡雷爾」——切爾尼。

他們夫婦倆都非常謹慎小心，遇到什麼意外情況時——在地下工作中是經常會出現各種意外情況的——他倆總是知道該怎樣處理。他們做這方面的工作很內行。誰也不會想到，這麼一個好心腸的高個子鐵路小職員維蘇希爾和他的太太會參與這種犯禁的事情。

然而他在我之後不久竟被捕了。我在獄中第一次看見他時，感到惶恐不安。萬一他供出來，那一切就會受到多大的威脅！但他沉默不語。他被抓到這裡來，是因為他把幾張傳單給了一位朋友。——關於他，蓋世太保除了知道幾張傳單之外什麼也不知道。

幾個月後，由於有人出賣，蓋世太保知道了洪扎·切爾尼曾住在維蘇希洛娃的妹妹家裡，於是他們用盡各種手段把佩彼克[16]「審問」了兩天，想從他那裡探聽到我們中央委員會的「最後一個莫希干人」[17]的蹤跡。第三天佩彼克來到「四〇〇號」，小心翼翼地坐到一個座位上，因為新的傷口使他非常難於坐下。我用疑問但同時也是鼓勵的目光不安地望著他。他用努斯列區人那種簡明的語句愉快地回答說：

「只要腦袋不肯，那麼嘴或屁股都不會說出來的。」

我很熟悉這個小家庭，我知道他們倆是怎樣地相親相愛，當他們倆不得不分別哪怕是一兩天時間，他們都是多麼悶悶不樂啊。如今幾個月過去了——在那個米赫列區舒適的住宅裡，這些日子對於那個已經到了覺得孤獨比死更為可怕的年齡的女人說來，該是多麼沉重啊！她做夢也在想怎樣營救自己的丈夫，幻想他怎樣回到這個小小的充滿著田園樂趣的家庭裡來，回到他們有點可笑地相互稱呼「小媽媽」和「小爸爸」的家裡來！她終於重新找到了唯一的道路：繼續工作，為了自己，也為了他。

一九四三年新年之夜，她獨自坐在桌子旁邊，把丈夫的照片擺在他平常坐的那個地方。當午夜的鐘聲敲響時，她和丈夫的酒杯碰了杯，祝他健康，願他早日歸來，希望他活到解放。

一個月後，她也被捕了。這個消息使「四〇〇號」裡的許多人都感到震驚。因為她是獄外聯絡員之一。

可她沒有供出一個字來。

他們沒有拷打她，因為她病得很厲害，經不起他們的拳打

16　約瑟夫的愛稱。

17　美國作家詹姆士·庫柏（1789-1851）寫的小說《最後的莫希干人》，描寫一個印第安部落酋長因本部落在戰爭中被滅絕，成為「最後一個莫希干人」。

腳踢。可是他們用了更可怕的手段：用想像來折磨她。

在她被捕前幾天，他們就把她丈夫送到波蘭去做苦工了。審問時，他們對她說：

「您瞧，那邊的生活多苦呀。即使十分健康的人也都夠嗆，何況您丈夫還是個殘廢。他會受不了的，很難熬下去。他會在那邊什麼地方死去的，那您就再也見不到他啦。像您這樣的年紀，還能再找到誰呢？如果您放聰明點，把您知道的一切都告訴我們，那我們立刻就可以把他給您放回來。」

他被發放到那邊的什麼地方去了，我的佩彼克！可憐的人啊！誰知道他會怎樣死去呢？他們殺了我的妹妹，又要殺我的丈夫，留下我獨自一個人，完全孤獨的一個人。是的，我這樣的年紀，還能再找誰呢？……我將要獨自一個人孤苦伶仃地生活下去……我能保住他，能讓他們把他還給我……但是，要用這樣的代價？如果這樣做，我就不再是我了，他也不再是我的「小爸爸」了……

她沒有供出一個字來。

她不知在什麼地方，在蓋世太保設立的無數流放組中的一個組裡消失不見了。緊接著又傳來了佩彼克在波蘭死去的消息。

麗達

我頭一次到巴克薩家裡去是在一個晚上。家裡只有約什卡和一個目光伶俐的女孩子，大家都叫她麗達。她可以說還是個孩子，一直好奇地注視著我的大鬍子，顯然她很滿意，因為屋子裡增添了一位能同她閒談一會兒的有趣的生客。

我們很快就成了朋友。她原來已經十九歲了，是約什卡的同母異父的妹妹。她姓普拉哈[18]，但她卻一點也沒有這個姓的特徵，她常在業餘劇團演戲，非常喜歡舞台生活。

我成了她所信賴的人，根據這一點我意識到自己在她眼中已經是一個上了年紀的人了。她把自己那些青年人的痛苦和夢想都告訴了我，並且經常跑到我這裡來，把我當作她同姐姐、姐夫吵嘴時評判是非的仲裁者。她像許多少女一樣是性急的，也像最小的孩子一樣是被嬌慣了的。

我在隱居了半年之後，頭一次上街散步就是她陪著去的。一個上了年紀的跛腳老頭同自己的女兒一道散步，比自己一個人走路會更不惹人注意，因為路上的人多半是看她而不看他的。因此，第二次又是她陪我散步，還陪我去進行第一次秘密接頭，陪我去秘密聯絡點。這樣一來——正如起訴書中所說的——她自然而然地成了我的聯絡員。

她喜歡做這種工作。但她並不關心這種工作的意義和好處。她只覺得這是一種新奇的、有趣的、不是任何人都能做的、帶有幾分冒險味道的工作。這對她就夠了。

我一直讓她做一些零碎的小事，我不想告訴她太多。假如她一旦被捕，一無所知比意識到「有罪」對她是更好的保護。

但麗達越來越熟悉這個工作了。她能夠擔負起比只是去葉林涅克家跑跑，送個通知這類事情更為重要的事了。她已經到了該知道我們是為什麼而工作的時候了。我開始向她上課。這是一門課程，完全正規的課程。麗達勤奮而又愉快地學習著。表面上她仍是一個快樂、輕率，甚至還有點淘氣的少女，但內心已經不一樣了。她在思索，她在成長。

18　捷克語意為「羞怯」或「膽小」。

在工作中她認識了米列克。他曾經擔負過一部分工作，但他善於自吹自擂。這使麗達對他發生了好感。她也許沒看透米列克的本質，在這種情況下就連我也沒有看透。主要是由於米列克所擔負的工作和他那表面的信仰，使麗達和他比和別的青年人更接近起來。

對事業的忠誠，在麗達的心裡迅速地生長並扎下了根。

一九四二年初，她開始結結巴巴地談到她想入黨的問題。我從來沒有見過她這樣忸怩不安。也從來沒有見過她這樣嚴肅地對待一個問題。我還拿不定主意，還想再教育教育她。需要再考驗考驗她。

一九四二年二月，她被中央委員會直接吸收入黨了。在一個嚴寒的深夜，我們一同回家。平時愛說話的麗達，今天卻沉默著。走到離家不遠的田野裡，她突然停下來，用輕得使你能同時聽到每一片雪花飄落在地上的聲音說：

「我知道，今天是我一生中最重要的日子。從現在起，我不再屬於我自己了。我發誓，無論發生什麼事情，我絕不變節。」

後來發生了很多事情，她果然沒有變節。

她擔任中央委員之間最忠實的聯絡員。她經常接受最危險的任務：重新接上斷了的關係，營救處境危險的同志。當我們的秘密聯絡點處於千鈞一髮的時候，麗達就會像鰻魚似的游到那裡去巡視一番。她像從前一樣做著這一切，自然、快樂而無憂無慮，——然而內心卻隱藏著堅定的責任感。

在我們被捕後的一個月她也被捕了。米列克的招供，使蓋世太保注意到了她，他們沒費多大勁就查清楚了，麗達曾經幫助自己的姐姐和姐夫轉移並轉入地下。她搖頭，發脾氣，裝成一個輕浮的少女，彷彿她連想都沒有想過做這些越軌的事和它所能引起的嚴重後果。

她知道很多，但一點也沒有供出來。最主要的一點就是她在獄中也不停頓地工作。環境變了，工作方式變了，甚至任務也變了。但對於她來說盡黨員的義務卻沒有變——無論在什麼情況下，絕不袖手旁觀。她仍那樣忘我地、迅速而準確地完成所有的囑託。如果需要有人去為外面的同志打掩護，麗達就會帶著一種天真的模樣，把某種「罪過」承擔下來。她當上了龐克拉茨監獄的雜役。幾十個素不相識的人都靠了她而免遭逮捕。約莫一年以後，他們在她身上搜到一張紙條，她的這個「職業」就斷送了。

現在她同我們一道去帝國受審。她是我們這批人中唯一有希望活到解放的人。她還年輕。要是我們不在人間，請你們千萬別讓她掉了隊。她需要多多學習。應該教育她，不允許她停滯不前。要給她指引前進的道路，不允許她驕傲或滿足於已有的成績。她在最困難的時刻經受住了考驗。她經過了烈火的冶煉，證明她是用一種優質的金屬造成的。

主管我的警官

這不在雕像之列。他是一個木偶，一個有趣的、比較重要的木偶。

如果你十年前坐在葡萄街「弗洛拉」[19]咖啡館裡用錢在桌上敲敲或叫一聲：「領班的，收錢！」突然就會在你身旁出現

19　羅馬神話中的花神。

一個穿著黑禮服的瘦高個子，像條蜥蜴似的彎彎曲曲地在桌椅之間迅速而無聲地穿過來，立刻將帳單交給你。他有野獸那種敏捷而輕巧的動作，一雙銳利的獸眼，什麼都不會放過。你甚至無須說出自己的願望，他就會給你指揮侍者：「第三桌，要一大瓶白丁香」，「右邊靠窗那桌，一碟點心和一份《國民新聞》」。對於顧客說來，他是一個好的領班，對於其他僱員說來，他是一個好同事。

但那個時候我還不認識他。我認識他是在很久以後，在葉林涅克家裡。這時他的手裡已經握著手槍而不是鉛筆了。他指著我說：

「……我對這個人最感興趣。」

說實在的，我們兩人彼此都感到興趣。

他天生機智，同其他蓋世太保相比另有一種特長：善於辨認各式各樣的人。因此，他在刑事警察中無疑能獲得成功。小偷、殺人犯、社會渣滓，大概都會在他面前毫不遲疑地坦白交代，因為這種人最關心的就是自己的性命。但這樣一種只顧自己性命的人，落到政治警察的手中卻是很少的。在這裡，警察的奸計不僅要對付被捕者的反奸計，而且還要同遠比這個大得多的力量：同他的信念，同他所屬的那個集體的智慧進行較量。對付這些，就不是奸計甚至毆打所能奏效的了。

你很難在「主管我的警官」身上找到堅強的信念，正像你也很難在其他蓋世太保身上找到這種信念一樣。假如能在他們某個人身上找到一種信念的話，那它也是出於愚蠢，而不是來自人的智慧、思想修養和知識。如果總的說來，他們仍然做得頗為成功的話，那是因為這一鬥爭持續得太久，太受空間的限制，因而比以往任何時候的地下鬥爭的條件更為困難。俄國布爾什維克黨人曾經說過，能經受住兩年地下鬥爭的考驗的人就是一個優秀的地下工作者。在俄國，如果火燒到莫斯科城下，他們還可以轉移到彼得堡去，或者從彼得堡再轉到敖德薩，消失在誰也不認得他們的幾百萬人口的大城市裡。可是在這裡，你只有一個布拉格，除了布拉格還是布拉格，城裡大約有一半人認識你，他們能集中起全部奸細來對付你。雖然如此，我們卻堅持了這麼多年，畢竟還有好些同志已經做了五年地下工作而沒有被蓋世太保發現。這是因為我們已經學會了不少東西，經驗豐富了，同時也是因為敵人雖然強暴、殘酷，但他們除了屠殺之外，並沒有更多的本領。

II-A1 科裡的三個人是以極端殘酷地摧毀共產主義事業而聞名的，他們都佩著黑、白、紅三色綬帶，表示在戰爭中反對內部敵人特別勇猛。這三個人就是弗里德里希、贊德爾和「主管我的警官」約瑟夫・博姆。他們很少談到希特勒的國家社會主義，因為他們知道的很少。他們不是為著政治信仰在戰鬥，而是為了自己，因此他們各有一套。

贊德爾是一個老在發脾氣的矮個子，他也許比別人都會耍警察手段，但他更貪財。有一次他從布拉格調到柏林，沒幾個月他又要求調回原單位。因為在帝國的首都供職對他說來是降級，也有經濟上的損失。在黑暗的非洲或布拉格這樣的殖民地當差，他就是一個有權有勢的大官了，也能有更多的機會來充實他的銀行存款。贊德爾是勤於職守的，為了表現自己的勤奮，他經常喜歡在吃午飯時審問犯人。他這樣做，是為了不讓人家瞧見他私下裡還有更熱衷的事情。誰落在他手裡都是不幸的，但是如果誰家裡有存摺、股票之類的東西，就會更加不幸。這人準會在短時間內死去，因為存摺和股票都是贊德爾心愛的東西。他被認為是這一行裡精明內行的官員。（他的捷克助手和翻譯斯莫拉卻跟他略有不同，是個文明強盜：謀財，不害命。）

弗里德里希是一個黑臉膛的瘦高個子，有著一雙狠毒的眼睛和凶惡的獰笑。早在一九三七年他就作為蓋世太保的特務進入共和國[20]，殺害流亡在這裡的德國同志們。他特別喜歡死人。在他看來無罪的人是沒有的。凡是跨進他辦公室門檻的人，都是有罪的。他喜歡通知婦女們，說她們的丈夫已經死在集中營裡或被處決了。他喜歡從他的抽屜裡拿出七個小小的骨灰盒給受審者看：

「這七個人都是我親手處死的。你將是第八個。」

（現在已經有第八個了，因為他殺死了揚・日什卡。）他喜歡翻閱那些舊的案卷，看到被處死者的名字就滿意地對自己說：「肅清了！肅清了！」他喜歡折磨人，特別喜歡折磨女人。

他嗜好奢華——這只不過是他的警察活動的附帶的目的。假如你有一所陳設漂亮的住宅，或者一家衣料商店，那就只會加速你的死亡，一切就是這樣。

他的捷克助手聶格爾，大約比他矮半個頭。他們之間除了個子高矮之外，沒有什麼差別。

博姆是主管我的警官，他對錢和死人都沒有什麼特別嗜好，然而他處死的人不見得比前兩個人少。他是一個冒險家，總想出人頭地。他在蓋世太保那裡幹了很久。他原是「拿破崙餐廳」的招待員，貝蘭[21]的黨徒們經常在這裡舉行秘密集會。

---

20 指一九一八年十月到第二次世界大戰以前的捷克資產階級共和國。

21 捷克法西斯「國民統一黨」的首領，在慕尼黑會議以後當了總理。

貝蘭本人沒有向希特勒報告的事，博姆卻去做了補充。可是這哪能比抓人、掌握人的生殺大權和決定人們全家命運這樣的事更引人注目呢！

他倒不一定非要悲哀地了結一些人才感到過癮，可是如果不這樣就不能出人頭地的話，那他是什麼都幹得出來的。對於一個追求赫羅斯特拉托斯[22]榮譽的人說來，美和生命又算得了什麼呢？

他建立了一個也許是最大的奸細網。他是一個帶著一大群狼犬的獵人，他捕獵往往只是為了愛好。他認為審問是最枯燥乏味的事，他最感興趣的是抓人，然後看著人們站在他面前，聽候發落。有一次，他逮捕了兩百多個布拉格的公共汽車和無軌電車工人、司機和售票員，他趕著他們在鐵軌上走，阻礙了交通，擾亂了運輸，他卻感到極大的快慰。後來，他又把其中一百五十人釋放了，誇口說這一百五十個家庭會把他當作大恩人。

博姆經常處理一些涉及人多、但意義不大的案件。我是偶然落到他手裡的，這是一個例外。

「你是我辦過的最大的案子。」他常常坦率地對我說，他感到驕傲的是我被列入最重大的案件中了。這或許是我生命得以延長的原因。

我們相互盡力地、不斷地說謊，但也不是毫無選擇的。我總知道他在撒謊，而他卻只有某些時候才知道我在撒謊。當謊

22　公元前三五六年，居住在小亞細亞境內的以弗所人赫羅斯特拉托斯，為了出名，燒毀了自己家鄉的宏偉的阿耳忒彌斯月神和狩獵女神廟。後來人們便把那種不惜代價，甚至通過犯罪的手段來謀取個人榮譽的人稱為赫羅斯特拉托斯。

言十分明顯時，我們便不約而同地停止它而談別的什麼問題。我想，對他說來，重要的並不是確定真憑實據，而是不要給這個「重大案件」留下什麼陰影。

他並不認為棍棒和鐵鏈是審訊的唯一手段。他還比較喜歡針對「自己的」對象的情況採取勸誘或恫嚇的辦法。他倒從來沒打過我，除了頭一天晚上以外。但當他認為必要時，他會借別人的手來打我的。

的確，他比別的蓋世太保有趣和狡黠得多。他的想像力比較豐富，並且善於運用它。我們常常乘車去布拉尼克[23]進行荒唐的對話。也常坐在花園的一個小飯館裡，觀看川流不息的人群。

「我們逮捕了你，」博姆富有哲理地說，「你瞧，周圍有什麼東西改變了嗎？人們走著，笑著，想著自己的心事，世界還像從前一樣照樣繼續存在下去，就像不曾有過你這個人似的。在這些行人裡，一定還有你的讀者，——你想想，他們難道會因為你而多添一條皺紋嗎？」

還有一次，在審問了我一整天之後，他把我塞進汽車，領我去逛暮色蒼茫的布拉格，經過聶魯達街來到赫拉德恰尼：

「我知道，你愛布拉格。好好瞧瞧它吧！你難道再也不想回到它的懷抱裡嗎？它是多麼美啊！縱使你不在人間了，它也依舊這樣美……」

他很會扮演誘惑者的角色。夏天傍晚，布拉格已經散發著初秋的氣息，它被淡藍色的輕煙籠罩著，猶如成熟了的葡萄，又像葡萄酒那樣醉人。我願意看著它直至世界的末日……但是

23　布拉格郊區。

我打斷了他的話：

「……等到你們不在這裡了，它會變得更美呢。」

他冷冷一笑，這個笑與其說是狠毒的，倒不如說是有點淒慘，他說：

「你真是個玩世派。」

後來他還常常回到這天晚上的話題上來：

「等到我們不在這裡了……這就是說，你仍然不相信我們會勝利嗎？」

他所以提出這樣的問題，是因為他本身就不相信他們會勝利。我向他講起蘇聯的力量和它不可戰勝的道理時，他注意傾聽著。這是我最後幾次「審訊」中的一次。

「你們每殺死一個捷克共產黨員，也就是毀滅德國民族未來希望的一部分，」我不只一次對博姆說。「因為只有共產主義才能拯救德國民族的未來。」

他擺了擺手。

「如果我們失敗了，誰也救不了我們。」他從口袋裡掏出手槍來，「你瞧，這最後三顆子彈，我將為自己保留著。」

……這不僅是對這個木偶的刻畫，而且也是在刻畫那個日薄西山的時代了。

吊褲帶插曲

對面牢房的門旁掛著一副吊褲帶。男人用的十分普通的吊褲帶。我素來就不喜歡用這種東西。可是現在，每當有人打開我們牢房門的時候，我總是高興地望著它：我在那上面看到了一線希望。

他們把你抓來關進牢房，也許很快就把你處死，但他們首先得把你的領帶、皮帶或吊褲帶之類的東西拿去，免得你上吊（其實用床單也可以很方便地上吊）。這些尋死的危險工具一直擱在監獄的辦公室裡，直到蓋世太保中的懲罰女神決定了把你押解到別處去做苦工、去集中營或赴刑場的時候。這時他們就把你叫去，鄭重其事地將這些東西發還給你。但不許帶進牢房裡去，只能掛在門的旁邊或者門前的欄杆上，一直掛到你離開為止。因此它就成了這個牢房的一個居住者即將被迫旅行的明顯標記。

對面那副吊褲帶正出現在我得知古斯蒂娜的命運被確定的那一天。對面牢房裡的一個朋友，將跟她坐同一輛囚車去做苦工。車還沒開，突然決定延期了，據說準備去做苦工的地方被炸了。（又是一個好的預兆。）車什麼時候再開，誰也不知道。也許今天晚上或許明天，說不定過一個星期或過半個月。對門的吊褲帶一直掛在那兒，我見到它，就知道古斯蒂娜還在布拉格。因此我常常帶著歡樂和愛戀的心情，像瞧見古斯蒂娜的朋友似的瞅著這副吊褲帶。她贏得了一天、兩天、三天……誰知道，說不定會有好結果。也許她多留一天，就有得救的希望。

我們每個人在這兒都過著這樣的生活。今天，一個月以前，甚至一年以前，我們就眼巴巴地想望著明天，把希望寄託在明天。一個人的命運已被決定，後天就要被槍決。——可是，誰知道明天會發生什麼事情呢？只要活到明天，明天一切都可能改變，一切都是那麼不穩定，誰知道明天將會發生什麼變化呢？明天過去了，幾千個人倒下了，對於這幾千個人來說再也沒有什麼明天了，而活著的人卻繼續懷著原來的希望活下去：明天，誰知道明天會發生什麼事情呢？

這種情緒產生著最難令人置信的傳聞，每個星期都出現關於戰爭結束的樂觀的預測，每個人都樂意傳播這種謠言，一傳十、十傳百地擴散著。每個星期龐克拉茨監獄都在竊竊私語傳播著那些聳人聽聞的消息，大伙兒都很樂意去聽信這類東西。應當同這種傾向作鬥爭，摒棄這些沒有根據的希望，因為這種希望不僅不能增強人們的鬥志，相反地卻削弱了鬥爭性。因為樂觀主義不需要、也不應該寄託在謊言上，而應該靠真理，靠對勝利的堅定不移的預見。應該在內心抱著這麼一個希望：希望有那麼一天能成為決定性的日子，希望自己能獲得這麼一天：能闖過生死關頭，從威脅著自己的死亡中走回到不願離棄的生活中來。

人生是這麼短促。而在這裡卻希望日子過得快些，更快些，越快越好。那迅速流逝、一去不復返的、不可遏制地迫使我們接近衰老的時光，在這裡卻成了我們的朋友。這是多麼奇怪啊！

明天很快變成了昨天。後天又即將成為今天。日子就是這樣流逝著。

對面牢房門旁的吊褲帶仍舊掛在那兒。

第六章

一九四二年的戒嚴

一九四二年被捕後在監獄拍的「犯人」像

一九四三年五月二十七日。

這裡說的是整整一年以前的事了。

受審後，他們把我帶到下面的「電影院」裡。在「四〇〇號」，每天的日程是這樣的：中午下到一樓去吃從龐克拉茨監獄送來的午飯，下午又返回四樓。但那天我們卻沒再回到樓上去。

坐下來吃飯。長凳上坐滿了犯人，他們忙著用羹匙往嘴裡送飯。從表面上看一切都近乎常情。如果明天就要死去的人，在這一瞬間都變成了骷髏，那麼羹匙碰著陶製的盤子發出的叮噹聲，就會立即淹沒在骨頭的脆響和下巴單調的咯咯吱吱的聲音裡了。然而誰也沒有預感到這個。每一個犯人都極其貪饞地吃著，盡量保養好身體，爭取再活幾個星期、幾個月、幾年。

幾乎可以說，天氣很好。但忽然颳起了一陣大風，接著又平靜下來。只有從看守們的臉上可以看出發生了什麼事。而後來的跡象就更為明顯：把我們叫出去整隊向龐克拉茨出發。在中午回去，這是從來沒有過的事。想想看，當你被一些你不能回答的問題弄得疲憊不堪時，讓你有半天的時間不去受審，——這簡直是天大的恩典啊。我們就是這樣感覺的。可是事實上並不然。

在走廊上我們碰到了埃利亞什將軍[1]。他的眼睛驚恐不安，瞧了我一眼，儘管周圍有看守，他卻悄悄地說道：

「戒嚴了。」

犯人只能有幾秒鐘的時間來傳遞最重要的消息。埃利亞什

1　一九三九年納粹頭子亨德里希統治捷克時期的總理，一九四一年秋根據亨德里希的命令被逮捕。

已經來不及回答我的無聲的詢問了。

龐克拉茨監獄的看守對我們提前回來表示驚奇。我覺得帶我回牢房的那個看守比別的看守更可靠些。我雖然沒有弄清楚他是誰，但我把聽到的消息告訴了他。他搖搖頭，表示他一點都不知道。也許是我聽錯了，是的，這是可能的。這倒使我安心了。

但是晚上他又來了，他朝牢房裡看了看：

「您說對了。暗殺亨德里希。重傷。布拉格戒嚴。」

第二天大清早，我們在樓下走廊裡整隊出發去受審。維克托・西涅克同志和我們在一起，他是最後一個還活著的黨中央委員，是一九四一年二月被捕的。穿著黨衛隊隊員制服的高個兒的管鑰匙的人，把一張白色的紙片在維克托面前晃了晃，只見紙上寫著這樣幾個大字：

「Entlassungsbefehl！」[2]

那個管鑰匙的人嘿嘿地笑著說：

「瞧見嗎，猶太人，你總算等到了。釋放令！嚓……」

他把手指頭橫放在脖頸上，表示維克托的腦袋將從這兒飛出去。維克托的哥哥奧托・西涅克是一九四一年戒嚴期間第一個被處決的。而維克托自己則是一九四二年戒嚴期間的第一個犧牲者。他被帶到毛特豪森[3]去了。按他們漂亮的說法，是去當靶子了。

從龐克拉茨監獄到佩切克宮往返的路上，現在成了千百個犯人的刑場。在囚車裡警戒的黨衛隊隊員要「為亨德里希報

2　德語：「釋放令！」

3　多瑙河北岸，奧地利林茨附近龐大的集中營。

仇」。沒等汽車開出一公里，十來個犯人就被槍托打得頭破血流。我坐在車上，倒對其他犯人有好處，因為我下巴上蓬鬆的鬍鬚能吸引黨衛隊隊員的注意力，他們老想玩弄我的鬍子。他們像汽車搖晃時抓吊環似地抓住我的鬍子玩耍，這成了他們最喜歡的娛樂之一。對我來說，這倒是一種不壞的受審訓練。每次審問看起來是根據總的形勢進行的，而結束時總是那麼一成不變的話：

「要是你明天再不放聰明點，那就要槍斃你了。」

這話一點也嚇唬不了我。每天晚上都能聽到樓下走廊裡喊犯人的名字。五十個，一百個，兩百個，一會兒這一批帶著手銬腳鐐的人就像被趕去屠宰的牲口似地裝上了大卡車，運到科貝里斯[4]去集體槍決。他們究竟犯了什麼罪呢？他們根本沒有什麼罪。他們被捕了，但是他們並沒有參與過任何重大事件，對他們沒有什麼可審問的。可是既然逮捕了，只好處決完事。在暗殺事件發生前兩個月，有一個同志對其他九個人讀了一首諷刺短詩，於是他們一下子全都給抓了起來，以讚揚暗殺事件的罪名統統給運去槍斃了。半年前，一位婦女因有散發傳單的嫌疑而被捕。她不承認這事。於是就把她的兄弟姐妹以及姐妹們的丈夫和兄弟們的妻子全都抓來槍斃，因為殺盡全家是這次戒嚴時期的口號。一個錯抓來的郵電職工，正站在樓下牆邊等待釋放，聽見喊他的名字，他便隨聲應到。但是他們卻把他排到判處死刑的那一隊人裡拉出去槍斃了。第二天才弄清楚應該槍斃的是另一個同名的犯人，又把那一個人也拉出去槍斃，這件事才算完結。還犯得上費工夫去核對人們的檔案材料，使人

4　布拉格東北的一個遠郊區。

的生命有所保障嗎？有誰能堅持這點呢？當整個民族的生存權利都被剝奪了的時候，這又有什麼用呢？

那天晚上我從受審的地方回來很遲。樓下牆邊站著弗拉迪斯拉夫・萬楚拉，他的腳旁放了一個小包袱。我很清楚，他也很明白這是什麼意思。我們互相握了握手。上樓以後，我從走廊朝下再看了他一眼：他站在那兒，安詳地微傾著頭，眼睛凝視著遠方，那目光穿越了自己的全部生活。半小時後就聽到傳喚他的名字……

幾天以後，還是在這牆邊，又站著米洛什・克拉斯尼，一個英勇的革命戰士，他是去年十月被捕的。酷刑和隔離都沒有能使他屈服。他側過頭去，給站在他背後的看守平心靜氣地解釋著什麼。他瞧見了我，笑了笑，點點頭向我告別，又繼續同那個看守說：

「這對你們一點用也沒有。我們還會有很多人犧牲，但失敗的終將是你們……」

後來，有一天中午，我們站在佩切克宮的樓下等吃午飯，埃利亞什被帶了進來。他腋下夾著一張報紙，微笑地指著報紙對人們說，剛才在報上讀到了他與暗殺策畫者有牽連的消息。

「真是胡說八道！」他簡短地說了一句就開始吃飯了。

晚上他和其他一些犯人返回龐克拉茨監獄時，還興致勃勃地談論著這件事。一小時後，他從牢房裡被押走送到科貝里斯去了。

死屍越堆越高。已經不是幾十、幾百，而是幾千了。不斷流出的鮮血的腥味刺激著殺人的猛獸們的鼻孔。他們直到深夜還在「辦公」，甚至星期天也「辦公」。現在他們全都穿上了黨衛隊隊員制服。因為這是他們歡慶屠殺的節日。他們弄死一些工人、教師、農民、作家和職員，屠殺男人、婦女甚至兒童，誅滅全家，屠殺並焚毀整個村子[5]。槍彈下的死亡像黑死病一般在全國蔓延。它是不擇對象的。

而人在這恐怖中怎麼辦呢？

活下去。

簡直令人難以置信。可是人活著，人在吃飯，睡覺，戀愛，工作以及思慮著成千上萬樁與死亡毫不相干的事情。在他的腦子裡壓著一個可怕的重擔，但他承受著，不屈服，也不灰心喪氣。

在戒嚴期間，「主管我的警官」又把我帶到布拉尼克去了一趟。那是在美麗的六月裡，空氣中瀰漫著菩提樹和遲開的槐花的芳香。那是一個星期天的傍晚。通到電車終點站的公路上，擠滿了郊遊歸來的川流不息的人群。他們喧鬧、嬉笑，被陽光、水和情人的擁抱弄得幸福而疲倦。儘管死神時刻縈繞在他們身旁，捕捉著新的犧牲者，可是從他們臉上是看不出來的。他們一群一群地聚在一起，像兔子一樣活潑可愛。真像一些兔子啊！你可以隨心所欲地從它們當中抓出一個來，那其餘的就會退縮到一個角落裡去，但過不了多久，它們又會繼續帶著自己的憂慮，帶著自己的歡樂，帶著它們對生活的全部願望奔忙起來。

我從那與世隔絕的監獄世界突然來到這引人入勝的人流裡，起初見到它那甜蜜的幸福，倒真有點痛苦之感。

我這種感覺是不對的，完全不對的。

5　德國法西斯藉口「為亨德里希報仇」，將捷克克拉德諾城附近的利迪澤村的男人和少年殺盡，將婦女和小孩全部送往集中營。

這就是生命。我在這兒見到的生命，歸根結底同我們在監獄裡的生命是一樣的，同樣是在可怕的壓力之下但是不可摧毀的生命。人家在一個地方把它窒息和消滅，它卻在幾百個地方冒出新芽來，它比死亡更加頑強。這有什麼可痛苦的呢？

而我們——直接生活在這恐怖牢籠裡的人，難道是用另一種材料做成的嗎？

有時，我坐著囚車去受審，當看管得比較鬆懈的時候，我就從車窗裡朝街上望。瞧瞧百貨商店的櫥窗，看看賣花亭，瞧瞧成群的行人，看看婦女們。有一次，我對自己說，假如我能數得出九雙漂亮的腿，那就意味著我今天不會被處死。於是我就數著，觀察著，比較著，認真地研究它們的線條。我以極大的興趣來評判它們是否漂亮，並沒有去想這樣評判的結果同我的生命有什麼關係。

我一般都比較晚才回到牢房。佩舍克老爹總在擔心我還會不會回來。他擁抱我，我簡單地告訴他一些新消息：昨天又有誰在科貝里斯犧牲了，——然後我們狼吞虎咽地吃完了那些令人作嘔的菜乾，吃完後，唱幾首快樂的歌，或者痛痛快快地玩一種愚蠢的擲骰子遊戲，這種遊戲最能使我們忘記一切。晚上，我們牢房的門隨時都可能被打開，死神會駕到，會傳喚我們之中的某一個人：

「你，下樓去！把東西都帶上！快！」

但沒有來叫我們。我們總算活過了這個恐怖時期。現在每當回想起那時的情景，對自己也都感到驚奇：人的構造是多麼奇妙啊，它能忍受最不堪忍受的事情！

當然，這些日子不可能不在我們心裡留下深深的痕跡，它像捲緊了的電影拷貝似地存放在我們的腦海裡。總會有那麼一天——如果我們能活到那一天的話，它會在現實生活裡以瘋狂的速度展現開來。然而我們也許在銀幕上見到的是一座巨大的墳墓，蔥綠的花園，人們在那裡播下了珍貴的種子。

這是些十分珍貴的種子，它們將發芽！

第七章

雕像與木偶（二）

伏契克畫像

龐克拉茨

監獄裡有兩種生活。一種是緊鎖在牢房裡，完全與世隔絕的，但只要有政治犯的地方，它又同外面世界最緊密地聯繫著。另一種生活是在牢房前長長的走廊上，在那憂鬱的、半明半暗的地方，它與外界完全隔絕，緊裹在制服裡，它比鎖在牢房裡的生活更為孤立。這是個木偶多於雕像的世界。我想來講一講這個世界。

這個世界有它自己的面貌，有它自己的歷史。不然我是不會把它認識得這樣深刻的。只能看到面向我們的那個側景，只能看到它那似乎完整和牢固的表面，這表面用鐵一般的重擔壓在牢房的居住者身上。一年前，甚至半年前還是這個樣子。而今這個表面已經布滿了裂縫，透過這些裂縫可以看到許多面孔：可憐的、和藹的、憂慮的、可笑的，各式各樣的，不過總還屬於人類的面孔。反動統治的危機，也在這個灰色世界的每一個人身上加上了壓力，把他們內部所屬的人性明明白白地暴露出來。有的時候人性很少，有的時候當你熟悉了它之後，便看得比較真切。他們具有人性的多少使他們形成了各種不同的典型。當然你也能夠在這裡找到幾個完美的人。他們為了幫助另一些陷入困境的人，不顧自己也會陷入不幸之中。

監獄本來不是一個使人快樂的機構，但是牢房外面的這個世界卻比牢房裡要淒涼得多了。在牢房裡人們生活在友愛之中——那是怎樣的一種友愛啊！這種友愛是在戰場上產生的，戰場上人們經常處於危險之中，今天我救了你的命，而明天我又可能被你挽救。可是這樣一種友愛在德國看守之間卻是不存在的，也不可能存在。他們被包圍在相互告密的氣氛之中，這一個人監視和告發那一個人，每個人都提防著那些冠冕堂皇地互稱為「朋友」的人。他們中間最好的人，如果不能也不願意孤寂無友的話，就只好到牢房裡來找朋友了。

我們長時期以來不知道他們的姓名。這沒有什麼關係。我們就用綽號來區分他們，這些綽號有的是我們起的，有的是我們以前的人起的，隨後就在牢房裡沿用下來了。有些人綽號之多竟和牢房的數目一樣；這都是些庸碌之輩，非驢非馬，他們在這裡給人添一點飯，轉過來又在那裡打人的耳光，也許他們只和犯人交往幾秒鐘，但卻長久在牢房裡留下印象，造成了片面的看法，於是就有了一個片面的綽號。但有些人在所有的牢房裡有著一致的綽號，這些人的性格比較突出，不是這樣就是那樣，不是好就是壞。

讓我們來看一看這些典型吧！看一看這些木偶！他們可不是隨隨便便聚合在一起的。他們是納粹主義的政治軍隊的一部分，是精選出來的。他們是反動制度的砥柱，是它的社會棟梁……

「撒瑪利亞人」[1]

一個高個兒的胖子，有副男高音的嗓門，他是「黨衛隊預備隊員」勞斯，曾在萊茵河畔科倫地方做過校工。他像所有德國學校的校工一樣也在緊急救護訓練班受過訓，所以他有時代替監獄裡的助理醫生。他是我到這裡以後最早接觸到的一個人。他把我拖進牢房，安置在草墊上，檢查了傷勢，給我纏上

1　用油和酒為人治傷的善心人，出自《新約・路加福音》。

繃帶。也許真是他救了我的命。這說明了什麼呢？說明他是一個人？或是那個救護訓練班在他身上起了作用？我不知道。但是當他打掉被捕的猶太人的牙齒，強迫他們吞下滿滿一勺鹽或沙子當作萬應靈藥的時候，卻顯出了他那地地道道的納粹本色。

牛皮大王

布傑約維采啤酒釀造廠的馬車夫法賓揚，是一個好心腸的愛說話的人。他到牢房裡來總是滿臉笑容地給犯人送飯，從不侮辱人。但你卻想不到，他會整小時整小時地躲在門背後偷聽牢房裡的談話，然後把每一件可笑的、芝麻大的小事都去報告上司。

科克拉爾

他也是布傑約維采啤酒釀造廠的工人。那裡有很多從蘇台德區[2]來的德國工人。「問題不在於個別工人怎樣想或怎樣做，」馬克思有一次這樣寫道，「而在於整個工人階級，為了完成它的歷史使命，必須做些什麼。」那裡的一些工人真是一點都不明白自己的階級使命。他們是從本階級中分離出來，站到了它的對立面的人，他們的思想懸在空中。確切地說，他們自己大概也將要懸在空中了。

科克拉爾為了使日子過得好些而參加了納粹的工作。但事實證明，這一切比他所想像的要複雜得多。從那時起他就失去

2　捷克北部山區，當時大部分居民是德國人。

了笑容。他把賭注押在納粹主義的勝利上。事實證明，他把賭注押到了一匹死馬身上。從那時起，他甚至失去了自制力。他穿著一雙軟拖鞋整夜在監獄的走廊裡來回踱步，他無意中把自己那憂鬱思緒的痕跡留在塵封的燈罩上：

「一切都完了。」

他寫下了富有詩意的句子，還想自殺。

白天，他驅趕犯人甚至看守，還尖著嗓子聲嘶力竭地嚎叫，使自己不覺得那麼害怕。

勒斯列爾

瘦高個兒，說話帶著粗重的男低音，他是這裡少有的幾個很會衷心大笑的人之一。他做過亞布洛涅茨城的紡織工人。他常到牢房裡來同我們辯論。一辯論就是幾個鐘頭。

「要問我是怎麼幹起這行來的嗎？十年來我總沒有正常的工作。每個星期只能掙到二十個克郎[3]養活全家，——你知道那是怎樣的一種生活呀？而後他們來了，他們對我說：『我們給你工作，跟我們來吧。』我就來了，——他們給了我這個工作。我和別人都有了工作。有吃的，有住的，可以活下去了。社會主義嗎？哎，算了吧，不是那麼回事。當然，我本來的想像完全不是這樣的。然而現在畢竟比過去好一些了。

「這難道不是真的嗎？戰爭？我可不希望有戰爭。我不希望別人死去。我只希望我能活下去。

「你說，不管我願意不願意，我都在幫他們的忙嗎？那麼

3　捷克貨幣。

我現在應該怎麼辦呢？我在這裡傷害過誰嗎？我走了，換別的人來，也許還會更糟些。我走了又會對誰有好處呢？戰爭一結束，我就回工廠去……

「你想這個戰爭誰會打贏？不是我們？那就是你們啦？我們將會怎麼樣呢？

「完蛋？那太可悲了。我想不會這樣的。」

於是他跨著那漫不經心的大步子離開了牢房。

半小時後，他又回來問我們蘇聯的一切到底怎麼樣。

「它」

一天早晨，我們在龐克拉茨監獄樓下最主要的一個走廊裡，等著押送去佩切克宮受審。每天我們都這樣前額緊貼牆壁站著，不讓我們看見前後發生的事情。可是這天早晨在我們背後響起了一個我所不熟悉的聲音：

「我什麼也不想看，什麼也不想聽！你們現在還不認得我，你們將來會認得我的！」

我笑起來了。在這裡嚴格的軍事管制之下，引用《好兵帥克》[4]中那個可憐的蠢蛋杜布中尉的話倒真是恰到好處。可是一向沒有人有勇氣在這裡大聲講出這句俏皮話。我旁邊一個比較有經驗的人輕輕碰了碰我，提醒我不要笑，說我也許是弄錯了，這並不是什麼俏皮話。原來的確不是。

在我背後說這話的是一個穿著黨衛隊制服的小東西，顯然「它」根本不知道什麼帥克不帥克的。但「它」能說出像杜布

4　捷克著名諷刺作家雅羅斯拉夫·哈謝克（1883-1923）的代表作。

中尉那樣的話來，是因為「它」同他一脈相承，如出一轍。它姓維坦，曾在捷克軍隊裡當過超期服役下士。「它」倒說對了：後來我們果真徹底認得了「它」，每當我們談起他時總用中性的「它」稱呼。說老實話，我們絞盡了腦汁才給這個集渺小、愚蠢、頑固、卑鄙於一身的小東西找到了這麼一個合適的綽號。他是龐克拉茨監獄的主要骨幹之一。

「只有小豬尾巴一般高」，這句民間諺語是形容那些渺小而又妄自尊大的鑽營家們的，它正好擊中了這種人的要害。一個人為了自己身材矮小而苦惱，他的靈魂又該是何其渺小啊！而維坦就因為自己身材矮小而苦惱，並且因此對所有那些在體格上和心靈上都比他高大的人進行報復。

「它」不打人，「它」沒有這個膽量。但「它」告密。多少犯人由於「它」的告密而付出了健康甚至生命的代價啊！為什麼把你從龐克拉茨監獄送到集中營去，這同材料上怎麼介紹你，並不是毫無關係的。

「它」十分可笑。常常獨自一人在走廊上神氣活現地搖來晃去，彷彿覺得自己是個顯貴的人物。可是一當「它」碰見人，便感到有必要爬到什麼東西上去，使自己的個子長高一些。假如「它」要問你什麼，「它」就坐到欄杆上，因為這樣就比你高出一頭，「它」可以在這個不怎麼舒服的地方坐上個把小時。當「它」在旁邊監視你刮臉時，「它」就跳到台階上去，或者爬到一條長凳上走來走去，並且老是重複那幾句頗為玄妙的話：

「我什麼也不想看，什麼也不想聽！你們現在還不認得我……」

早晨半小時「放風」的時候，「它」總要走在草坪上，這樣就比周圍高出十厘米。「它」神氣活現像個國王似的走進牢房，立刻爬到椅子上，這樣便可以居高臨下地點名。

「它」十分可笑。但正像每個傻瓜一樣，一旦居於操生殺予奪大權的地位時，「它」也是十分危險的。在「它」那有限的軀殼裡還藏著一種本領：把蚊子說成駱駝。「它」除了警犬的職務外別的一無所知。因此「它」把每一件違反監獄規則的無關緊要的事，都看成屬於「它」的重要使命範圍內的、應該加以干涉的、了不起的大事。「它」捏造了一大堆違反獄規的過失和罪名，以顯示出自己是個了不起的人物，從而可以心安理得。反正在這種地方還會有誰去查證「它」的告密有多少真實性呢？

斯麥唐茲

這個木偶身軀粗壯、面孔遲鈍、兩眼無神，活像格羅斯[5]畫的納粹黨徒的漫畫。他曾在立陶宛邊境附近的一個村裡當過擠奶工人，然而說也奇怪，這種善良牲口的高貴品質卻沒有在他身上留下任何影響。在上司面前，他是「德意志道德」的化身：堅決、果斷、嚴厲、不受賄賂（他是少有的幾個不向雜役勒索食物的人之一），但是……

有一個德國學者，不記得是哪一個了，他曾按照動物能懂的「詞」的數目來測定動物的智力。我記得他好像證明家貓的智力最差，它只能理解一百二十八個詞。啊，它比起斯麥唐茲來卻算得上是一個天才。因為我們在龐克拉茨監獄裡從斯麥唐

5　格羅斯（1893-1959），德國畫家，以版畫和漫畫知名。

茲嘴裡只聽到過這幾個字：

「Pass bloss auf, Mensch !」[6]

每週有兩三次輪到他值班，每週也就有兩三次他費盡苦心，結果卻總是弄不好。有一回我見到監獄長責備他沒有把窗戶打開，於是這個小肉山似的傢伙立即惶惑不安起來，兩條短腿來回地交替著，腦袋笨拙地垂在胸前，越垂越低，嘴角痙攣地扭動著，緊張而吃力地複誦著剛才耳朵裡聽到的話……突然間這堆橫肉像汽笛似的大叫起來，整個走廊裡掀起了一陣慌亂，誰也弄不清是怎麼回事，所有的窗子依舊關著，只看見離斯麥唐茲最近的兩名犯人的鼻子在流血。他找到出氣的地方了。

他總是用這種辦法來出氣的。打，碰到誰就打誰；打，如果需要的話，就打死——這點他倒是懂得的。他也只懂得這個。有一次他闖到集體牢房裡去打一個犯人——一個有病的犯人，直打得這個人倒在地上抽搐起來。其餘的犯人也被命令按照這個人抽搐的節奏一起一坐，直至這個病人精疲力竭不能再動彈為止。而斯麥唐茲兩手叉腰，帶著傻笑欣賞著，很滿意自己如此成功地處理了這一複雜的形勢。

這個原始動物，在他所學會的一切當中，只記住了一點：打人！

但就是在這個動物身上，也有某種東西在瓦解著，這大約是一個月前的事。他和K兩個人坐在監獄的接待室裡，K在給他講當前的形勢。講了很久很久，直到斯麥唐茲稍微明白一些為止。他站起來，打開了接待室的門，小心翼翼地環顧一下走廊：到處是深夜的寂靜，監獄沉睡著。他關上門，小心地上了

6　德語：「你要當心啊！」

鎖，然後慢慢地蜷縮在椅子上說：

「那你是這樣想的囉？……」

他用手支撐著頭。一個可怕的重負緊壓住了這個肥大個子的渺小靈魂。他就這樣蜷縮著坐了很久，然後抬起了頭，絕望地說：

「你說的對。我們再也不會打贏了……」

龐克拉茨已經有一個多月沒有聽到斯麥唐茲耀武揚威的嚎叫了。而新來的犯人也就不會知道他那打人的手是多麼狠毒了。

監獄長

個子比較小，不論穿便服或穿衝鋒隊小頭目的制服都很講究，闊綽，自滿，喜歡狗、打獵和女人，——這是同我們沒有關係的一面。

另一面是龐克拉茨監獄都知道的：粗暴，野蠻，不學無術，為了保存自己可以不惜犧牲任何人的一個典型的納粹狂妄分子。他叫索帕，——如果名字一般說來還有某種作用的話，——出生在波蘭。據說他是科班出身的鐵匠，然而這樣一種可敬的手藝卻沒有在他身上留下任何痕跡。很久以前他就為希特勒匪徒們效勞，由於競選遊說有功而撈到了現在這個位置。他用盡一切手段來鞏固自己的地位。他對所有的人，不管是犯人還是監獄職員，不管是孩子還是老人，都表現出絕對不帶感情而殘忍無道。龐克拉茨監獄裡的納粹同僚之間沒有友情可言，但還沒有人像索帕這樣連點友情的影子都沒有。他在這裡好像還瞧得上眼的、常常交談的，只有監獄的醫務官魏斯涅爾。但看來魏斯涅爾對他並不怎麼樣。

他只知道他自己。他為自己撈到了這樣一個顯赫的位置。為了自己，他至死都要效忠納粹政權。大概不打算找活路的只有他一人。他知道自己是逃不脫的。納粹的垮台就是他的垮台，就是他闊綽生活的完結，就是他漂亮住宅和講究服飾的完結（順便說一下，他甚至不嫌棄穿被處死的捷克人的衣服）。

是的，這一切就要完結了。

監獄醫務官

醫務官魏斯涅爾，在龐克拉茨監獄這個環境裡是一個特殊的木偶。有時你會覺得他不屬於龐克拉茨，而有時你又會覺得龐克拉茨沒有他是不可想像的。他不在醫務室，就在走廊上，拖著他那緩慢的步子搖搖晃晃地來回踱著，老是自言自語，不斷地東張西望，總在那兒觀察著什麼。他像是一個僅僅到這裡來逗留片刻、想從這兒盡量多攝取一些印象的客人。但是他也會像最機靈的看守一樣，迅速而無聲地將鑰匙插在鎖眼裡一下子把牢門打開。他有一種索然無味的幽默。他談起一些隱秘的事情，但談得不清楚不透徹，甚至使你抓不住他說話的意思。他接近人，但不允許任何人接近他。雖然他看到了許多事情，但他卻不聲張，也不向上彙報。當他進到一間煙霧瀰漫的牢房時，他總是用鼻子深深地吸一下說：

「嗯，」他把兩片嘴唇噴了一下說。「在牢房裡抽菸，」他第二次又用嘴唇噴了一下，「是嚴格禁止的。」

但是他不去告發。他總是緊鎖雙眉，滿面愁容，好像有一種莫大的隱痛在折磨他。他為納粹制度服務，每天也為這個制度的犧牲者治療。他顯然不想同這個制度有任何共同之處。他不相信這個制度，懷疑它的永久性，以前他也沒有相信過。因此他沒有把家眷從弗拉斯羅弗[7]遷到布拉格來，雖然帝國官員中很少有人肯放棄把被占領國吃光的機會。但他也不會同反對這個制度的人有絲毫聯繫，他同他們也是無緣的。

他對我的治療態度是積極認真的。他對大多數人都是如此，並且還堅持不允許提審受刑過重的犯人。這樣做也許是為了安慰自己的良心。但有時特別需要他的幫忙，他卻不給任何幫助。也許是因為害怕的緣故。

這是一個小人物的典型。他孤獨地生活在兩種恐懼，即對現在主宰著他的納粹制度的恐懼和對今後即將到來的新的恐懼之間。他在尋求出路，但是沒有找到。他不是一隻大老鼠，而只是一隻落入陷阱的小耗子。

一隻毫無希望逃脫的小耗子。

「機靈鬼」

這已不完全是個木偶。但也不是一個完整的雕像。他是介乎兩者之間的過渡。他還缺少做一個雕像的明確的意識。

像這樣的人在這裡實際上有兩個。他們都是普通的、有感情的人，開始時他們是被動的，完全被他們所陷入的環境嚇壞了，後來竭力想從這一深淵裡掙脫出來。他們是不由自主的，因此也想尋找能把他們引到正道上來的支援和領導，但這與其說是出於認識，毋寧說是出於本能；他們幫助你，是想從你那兒得到幫助。當然是應該給他們幫助的，無論是現在或是將來。

7　在波蘭西南部，靠近捷克邊境。

在龐克拉茨監獄所有的德國職員中，只有他們倆到過前線。

哈瑙爾是茲諾伊莫城[8]的裁縫，他故意把腳凍壞，不久前才從東線回來。「戰爭不是人幹的事，」他有些像帥克似的談起哲理來，「我在那邊無事可做。」

赫費爾是拔佳鞋廠[9]的一位快樂的鞋匠，到法國去打過仗。儘管人家答應提升他，但他仍從軍隊裡開了小差。「Ech, scheisse！」[10]他自言自語，像每天對待許多無關緊要的小事那樣揮了揮手。

這兩個人的命運和情緒都有些相似，不過赫費爾更大膽，更突出，更全面。「機靈鬼」，——幾乎是所有牢房一致給他起的綽號。

他值班的時候，是牢房安靜的日子。你想做什麼就做什麼。如果他大聲叫罵起來，他便跟你眨眨眼，讓你知道，這跟你無關，不過是罵給樓下的上司聽，表明他在嚴格執行任務罷了。然而他的努力白費了。上司並不信任他，沒有一個星期他不挨罰的。

「Ech, scheisse！」他揮了揮手，照舊繼續幹自己的。與其說他是個看守，還不如說他仍是個輕鬆愉快的青年鞋匠。你能夠碰見他同牢房裡的年輕犯人興高采烈地、起勁地玩牌。有時他又把犯人從牢房趕到走廊上，獨自一人在牢房裡進行「搜查」。這「搜查」持續很久。假如你感到好奇，向牢房裡瞧一眼的話，你準會看見他坐在桌子旁，頭支在胳膊上睡著了。他

8　捷克南部的小城。

9　一八九四年捷克資本家托馬．拔佳在茲利納城建立的有兩千名職工的製鞋廠。

10　德語：「唉，無聊！」

睡得很香：在這裡睡覺是瞞過長官的好法子，因為有犯人在走廊裡替他站崗放哨，一有危險就會馬上通報他的。如果他在休息的時候為了心愛的姑娘沒有睡夠覺的話，那在值班的時候就非睡不可了。

納粹會失敗還是會勝利呢？「Ech, scheisse！這個馬戲團到底還能支撐多久呢？」

他並不認為自己是這馬戲團裡的一個角色，雖然他為此而受人注意。不僅如此，他甚至不想屬於它。他的確也不是那裡面的人。你需要遞一個秘密字條給別的牢房嗎？「機靈鬼」會替你傳遞。你想送個消息到外面去嗎？「機靈鬼」會替你轉送。你想同某人交換意見，想通過個別談話使某人增強鬥爭信心或營救別的一些人嗎？「機靈鬼」會把你領到這個人的牢房裡，並替你放哨。一旦事情辦妥了，他就會像頑皮的孩子做成了一場惡作劇那樣快樂高興。你常常得提醒他小心。他很少感到自己處境的危險。他也不懂得他所成全的這些好事的全部意義。這幫助了他做更多的事情，但同時也妨礙了他的進步。

他還不是一尊雕像。但他卻在向雕像過渡。

「科林」

那是戒嚴時期的一個夜晚。那個穿著黨衛隊隊員制服的看守把我關進牢房的時候，為了裝裝樣子而搜了搜我的衣袋。

「您的事情怎麼樣了？」他悄聲問道。

「我不知道。但他們告訴我說明天就要把我槍決。」

「這把您給嚇住了吧！」

「我早就料到這一手了。」

他機械地搜查了一會我的外衣的褶縫。

「他們可能這樣做。也許不是明天，也許再過些時候，也許根本不會。但是在這個時候……最好是做個準備……」

隨後他又沉默了一會。

「也許……您想給什麼人送個信吧？或者，您想寫點什麼吧？不是為了現在，您懂嗎？而是為了將來，譬如寫您是怎樣落到這裡來的，是不是有人出賣了您，某某人的態度怎麼樣……使您知道的一切不至於隨您一起消失……」

我是不是想寫點東西？他還真猜中了我這個最強烈的願望。

不一會兒他給我拿來了紙和鉛筆。我小心地將它們藏起來，以免在搜查的時候被發現。

可我一直沒敢動用它。

這太好了，簡直叫我不敢相信。這真太好了：在這裡，在這座黑暗的監獄裡，在被捕幾個星期之後，在那樣一群整天對著你叫喊、打罵的穿著制服的人中間，居然能找到一個人，一個朋友，他願向你伸出手來，使你不至於無蹤無影地消失在人間，使你能夠留個音信給未來的人們，使你至少能夠有片刻時間同那些將要活過這個時代、活到解放的人們談談。尤其在現在這種時候！走廊裡傳喚著即將被處決的人的名字，喝人血喝得醉醺醺的那些法西斯野獸正在瘋狂地吼叫，被恐怖勒緊了喉嚨的人們卻叫不出聲來。尤其在現在這種時候！在這樣的時刻，不，這簡直不能相信，這不可能是真的，這一定是個圈套。在這樣一種環境裡，一個人主動地向你伸出手來，得具有怎樣的毅力，怎樣的膽量啊！

大約過了一個月。戒嚴解除了，嚎叫聲也沉靜下去了。殘酷的時刻變成了回憶。又是一個晚上，又是我受審歸來，又是那個看守站在我的牢房前面。

「您好像渡過了這一關。」他用一種探詢的目光打量著我。「沒有出問題吧？」[11]

我懂得這句問話的意思，它深深地刺痛了我。但這句話比別的話更使我相信他的真誠。只能是這種有內在的權利的人才敢於這樣提出問題。從這時起我才相信了他。他是我們的人。

乍看上去，他是一個神秘莫測的人。他常常獨自在走廊裡踱步，鎮靜、穩重、謹慎而機警。誰也沒有聽見過他罵人。誰也沒有看見過他打人。

「請您在斯麥唐茲巡視時打我一個耳光吧，」隔壁牢房的同志請求他，「讓他至少有一次看見您在執行任務。」

他搖了搖頭：

「沒有必要。」

你從來沒有聽到過他用別種語言說話，他只用捷克語。他的一切都向你表明，他同別人不一樣。但你很難說清楚這是為什麼。他們自己也感覺到這一點，但弄不明白是怎麼回事。

哪兒需要他，他就出現在哪裡；哪兒發生了驚慌，他就把鎮靜帶到哪裡；哪兒有人垂頭喪氣，他便到哪兒去鼓舞人心；哪兒由於斷了關係，而威脅到獄外一些同志的安全，他便去把關係接上。他不沉溺在無謂的瑣事中，而總是有條不紊、大刀闊斧地工作著。

不單是現在，一開始他就這樣幹。他到納粹這裡來服務，目的是明確的。

這個來自摩拉維亞的捷克看守名叫阿多爾夫·科林斯基，

11　問伏契克有沒有叛變。

他是一個出身在捷克舊家庭的捷克人，卻冒充德國人，為了到赫拉德茲．克拉洛維的捷克監獄，然後轉到龐克拉茨監獄來當看守。這大概引起了他的一些熟人對他的憤恨和不滿。可是四年後，有一次在他報告工作時，德國監獄長在他眼前揮動拳頭——然而已經太遲了——威嚇他說：

「我要打掉你身上那種捷克精神！」

這位監獄長錯了。那種精神是打不掉的，除非消滅掉這個人。他是這樣一個人，為了鬥爭和有利於鬥爭，他自覺自願地擔當起艱巨的任務。不斷的危險只能使他經受鍛煉。

我們的人

如果說，一九四三年二月十一日早晨給我們送來的早飯，不是通常那種誰也不知道摻了些什麼的黑水，而是一杯可可的話，我們對這一奇跡並不覺得奇怪。因為那天早晨，在我們牢房附近閃過了一個穿著捷克警察制服的人。

僅僅是一閃而過。塞在高統皮靴裡的黑色制服褲向前跨了一步，深藍色衣袖裡的手抬起來，用力把門砰上，人影也就不見了。這是一瞬間的事，過了一刻鐘，我們已經不準備去相信這回事。

在龐克拉茨監獄裡有捷克警察！從這件事我們可以得出怎樣意味深長的結論啊！

兩小時後我們得出了結論。牢房的門重新被推開，捷克警察的帽子伸了進來，看見我們驚奇的表情，他愉快地咧開了嘴，高興地通知我們：

「Freistunde！」[12]

現在我們已經不可能再弄錯了。在走廊上看守們的黨衛隊的灰綠色制服中間，出現了幾個使我們感到醒目的黑色斑點：捷克警察。

這對我們來說意味著什麼呢。他們將表現得怎麼樣呢？不管他們怎麼樣，他們已經在這裡了，他們出現在這裡的事實本身，就清楚地說明了問題。如果法西斯反動統治竟不得不讓受它壓迫的那個民族裡的一些人進入最敏感的要害部門，進入作為它的唯一支柱的、奴役和壓迫人的機構，可見它是多麼缺乏人手啊！為了弄到幾個人，它不惜削弱自己最後希望的堡壘，那麼這個統治還能支撐多久呢？

當然，這些人是經過一番挑選的，說不定比那些被習慣勢力腐蝕和對勝利缺乏信心的德國看守更壞，但是捷克人出現在這裡的事實本身，卻是敵人就要完蛋的確實標記。

我們就是這樣想的。

但這件事的實際意義卻遠比我們最初想到的要大得多。因為這個納粹統治制度已經挑選不出自己的人，而且已經沒有人可挑選了。

二月十一日我們第一次看見了捷克警察制服。

第二天我們就和那些人認識了。

來了第一個人，他朝牢房裡瞧了瞧，還有些不好意思似地在門邊猶豫了一下，然後——彷彿一隻憋足了勁用四隻蹄子猛一下跳起來的小山羊——他忽然鼓足勇氣說：

「喂，過得怎麼樣，先生們？」

12　德語：「稍息！」

我們回答了他一個微笑。他也笑了笑，然後又露出窘迫的樣子：

「別生我們的氣。請相信我說的話：我們情願去逛馬路，也比待在這兒監視你們強。可是有什麼辦法呢？也許……也許這樣並不壞……」

當我們把對這件事的看法和對他們的看法向他談了之後，他高興起來。這樣，我們一見面就成了朋友。他叫維特克，是一個樸實而心地善良的小伙子，那天早上在我們牢房門口一閃而過的就是他。

第二個叫圖馬，一個地地道道的捷克老獄卒。有點粗魯，喜歡大喊大叫，但本質好，就像我們從前在共和國監獄常稱作「大叔」的那種人。他沒感到自己處境特殊。相反，他很快就像在自己家裡那樣幹起來了。他說話總帶點辛辣的戲謔，他維持秩序和破壞秩序一般多：悄悄往這個牢房裡塞塊麵包，往那個牢房裡遞支香菸，然後又在別的牢房裡扯扯閒話（只是避而不談政治）。他幹這一切都極其自然。他對看守的職務就是這樣理解的，他不隱瞞這一點。他為這些活動受到了第一次申斥，於是謹慎了一些，但並沒有多大改變。仍舊不失為一個「獄卒大叔」。你別要求他做什麼重大的事情。但在他跟前能舒暢地呼吸。

第三個人常常帶著憂鬱、沉默、冷漠的神情沿著牢房踱步。我們小心地試圖同他拉上關係，但他卻毫無反應。

「別對這傢伙抱多大希望，」老爹觀察了他一個星期之後說。「這是他們中間最不怎麼樣的一個。」

「也許是最機靈的一個。」我故意提出相反的看法，因為在一些小事上有兩種對立的意見而互相爭辯，會調劑一下牢房的生活。

兩個星期以後，有一次我彷彿覺得這個沉默的人在向我眨眼睛。我也向他做了一下這個在獄中具有千百種含義的動作。但再也沒有什麼反應。也許是我弄錯了。

一個月後，一切都弄明白了。一切是那樣的意外，就像蛹忽然變成了蛾子一般。這個陰鬱的「繭殼」裂開了，露出了一個活生生的東西。這不是蛾子，而是一個人。

「你在立紀念碑吧！」老爹見到我在寫這些人物時常常這樣說。

是的，我願意立這些紀念碑，使獄內外那些曾忠誠、勇敢地戰鬥而犧牲了的同志們不至於被遺忘。我願意立這樣的紀念碑，使那些還活著的、在最困難的條件下也以極大的忠誠和勇氣幫助我們的人不至於被忘掉。但願像科林斯基和這個捷克警察這樣的人物，能夠從龐克拉茨監獄的陰暗的走廊走向光明的生活。不是為了頌揚他們，而是為了給別人樹立榜樣。因為做人的義務並不隨著這次戰爭而告終，在人們還沒有完全變成人以前，要想做一個人是需要有一顆英雄的心的。

其實這只不過是一篇簡短的傳記，捷克警察雅羅斯拉夫·霍拉的傳記。但是你能從這裡找到一個人的全部歷史。

他出生在拉德尼茨科。那是我國的一個偏僻的角落。秀麗、淒涼而貧瘠的邊區。父親是個玻璃工人。生活艱難。有工作的時候，是疲勞；失業的時候，是貧困；而失業在這裡是經常發生的。這種生活如果不是使你屈膝，就會使你抬起頭來，去追求那夢寐以求的理想世界，信仰它，為實現它而奮鬥。父親選擇了後一條道路。成了一個共產黨員。

少年的亞爾達[13]參加了五一節示威遊行的自行車隊，在他車子的輪輻上繫了一根紅布條。他無論走到哪裡都沒有忘記這根紅布條。當學徒、車工以及在什科達工廠[14]工作的時候，他都不知不覺地把紅布條保存在自己的心裡。

後來來了經濟危機，失業，戰爭，找工作，於是當上了警察。我不知道在這期間，他心上的那根紅布條怎麼樣了。也許被捲起來擱在了一邊，或許忘掉了一半，但是沒有被丟掉。有一天，他被派到龐克拉茨監獄來服務。他不像科林斯基那樣帶著預定的任務自願來到這裡，但是當他頭一次到牢房裡看了一眼時，他就意識到了自己的任務。紅布條展開了。

他偵察自己的戰場，估計自己的力量。他的臉緊繃著，深沉地思索著從什麼地方著手，最好怎樣開始工作。他不是一個職業的政治家。他僅僅是人民的一個普通兒子。但是他吸取了父親的經驗。他本質好，意志堅定，這個意志在他心中日益增強他的堅決性。於是他下定決心，從一個陰鬱的蛹蛻變成了人。

這是一個內心優美而純潔的人。他敏銳、謹慎而又勇敢。敢於去做這裡所需要他做的一切。不論事情大小，需要他做什麼他就去做什麼。他工作起來不露鋒芒，穩穩當當，深思熟慮，但是毫不膽怯。他覺得這一切都是自然而然的。他心裡有一道絕對的命令：一切都應當這樣，——那還用得著說嗎！

說實在的，一切就是這樣。這就是一個人的全部歷史。現在幾個人的生命得到了拯救都要歸功於他。這些人在獄外活著，工作著，就因為在龐克拉茨監獄裡有個人盡到了自己做人

13 雅羅斯拉夫的愛稱。

14 捷克著名的軍火工廠。

的義務。他不認識他所拯救的人，他們也不認識他。就像他們不認識科林斯基一樣。我希望人們至少能認識他們倆。這兩個人很快就在這裡找到了一條新的道路，於是加倍地發揮了他們的才能。

把他們當做榜樣記住吧。當做人的榜樣記住吧。他們的頭腦長得正。當然首先是他們的心長得正。

斯科舍帕大叔

當你偶然看到他們三個人——穿灰綠色黨衛隊制服的看守科林斯基，穿黑色制服的捷克警察霍拉，和穿著顏色鮮明但並不悅目的制服的監獄雜役斯科舍帕大叔——聚在一起的時候，你就好像看到了一幅兄弟友愛的生動畫面。但很少看到他們聚在一起。這樣做是合適的。

按監獄的規定，走廊上的雜事：掃地、打飯等只能由「特別可靠、嚴守紀律並和其餘的人絕無牽連的犯人」擔當。這僅僅是文字上的規定，僅僅是死的條文。要知道這樣的雜役是沒有的，從來就沒有，尤其在蓋世太保的監獄裡更是沒有。相反，這裡的雜役卻是從牢房的「監獄集體」伸出去的「觸鬚」，是為了去接近自由的世界，使集體能生存，相互通氣，彼此了解。有多少雜役由於執行任務或傳遞一張字條被抓住而送了性命啊！但監獄集體的紀律無情地要求那些來接替犧牲者的人們，繼續做這種危險的工作。你去幹吧，不管你是勇於承擔或是膽怯怕事，反正你是迴避不了的。膽怯只能壞事，就像每一件地下工作一樣，膽怯會使一切都毀滅。

而這裡做地下工作是加倍的危險：你直接被捏在那些一心

想消滅地下工作的人們手裡，只能在看守們的眼皮底下，在他們所規定的範圍內，在他們所指定的時間裡，在他們所允許的條件下進行工作。你在外面學會的一套本領在這裡不夠用，而要求你的卻不見得少。

獄外有一批地下工作的能手。在雜役中也有做這種工作的能手。斯科舍帕大叔就是其中的一個。他謙虛、樸實，看上去挺沉靜，實際上卻像魚一樣靈活。看守們都誇獎他：「瞧，這個人多勤快，多可靠，只想著自己的職責，什麼犯禁的事都不沾邊。雜役們都應以他為學習榜樣！」

是的，雜役們都應以他為學習榜樣！他確是犯人心目中的那種雜役的典範。他是我們監獄集體裡最堅定、最機敏的「觸鬚」。

他了解所有牢房的居住者。每來一個新犯人，他都能立刻弄清楚需要知道的一切：他為什麼被捕，誰是他的同案人，他的態度怎麼樣，他們的態度又怎麼樣。他研究許多「案件」，並極力弄清楚這些案件。這樣做很重要，只有這樣他才能去勸告別人，才能正確地執行任務。

他也了解敵人。他謹慎地考察每一個看守，研究他的習慣，研究他堅強的一面和軟弱的一面，要特別提防他什麼，怎樣利用他，怎樣麻痺他，怎樣愚弄他。我在這裡所描寫的許多人的特性，都是斯科舍帕大叔告訴我的。他熟悉所有的看守，還能詳盡地描述他們每一個人。假如他想在走廊上自由活動並確保工作順利進行，這點是很重要的。

首先他明白自己的責任。他是這樣的一個共產黨員：他知道，他在任何地方都不能放棄黨員的責任而袖手旁觀或「停止活動」。我甚至可以這樣說，正是在這裡，在極端危險、極其殘酷地受迫害的環境裡，他才找到了自己真正的崗位。他在這裡得到了鍛煉和成長。

他靈活機智。每天每小時都會發生新的情況，都要求採取新的方法來解決。他能敏捷地找到新的方法。他所能支配的只有那麼幾秒鐘的工夫。他輕輕地敲牢房的門，傾聽預先準備好的委託，趁新來換班的人還沒有踏上二樓樓梯之前，他已簡明地將這個口信傳遞到走廊那頭的牢房去了。他謹慎而機智。幾百張字條經過他的手而沒有一次被抓住，——甚至沒引起任何懷疑。

他知道哪兒有痛苦，哪兒需要鼓舞，哪兒需要得到外面準確的情報，哪兒需要他那真正慈父般的目光，它能給滋長失望情緒的人以力量；他知道哪兒需要多添一個小麵包或一勺湯，就能幫助新來的犯人挨過那不習慣「獄中飢餓」的難關。這一切他都知道，都是憑他那細緻的感覺和實際的體驗得來的，而他也就根據這一切去行動。

一個頑強無畏的戰士。一個純粹的人。這就是斯科舍帕大叔。

我希望，將來你們讀到這個報告的時候，從他身上看到的不只是一個人，而是一個雜役的優秀典範，他善於把壓迫者要他幹的事，變成為被壓迫者服務。斯科舍帕大叔只是這類人中間的一個，還有其他很多外貌各不相同而執行著同樣重大任務的人們。在龐克拉茨監獄和佩切克宮都有這種人。我願意一一描繪出他們的形象，然而遺憾得很，我剩下的時間不多了，甚至連「快快地歌唱出生活中形成得緩慢的事兒」，也來不及了。

但這裡至少總算有了一些名字，一些榜樣，雖然還不是所有不該被忘卻的人的名字：

米洛什・涅德維特醫生。一個英俊、高尚的青年，他每天都幫助被監禁的同志們，最後自己在奧斯維辛[15]犧牲了。

阿諾什塔・洛倫澤，因為拒絕出賣同志，他的妻子被處死。一年後，他為了拯救自己的同志們，拯救「四〇〇號」的雜役們和整個監獄集體，也被處死了。

聰明的、永遠閃耀著機智的瓦舍克；在戒嚴時期被處決的沉靜而富於自我犧牲精神的安卡・維科娃；精力充沛的……[16]永遠快樂、敏捷而不斷創新的「圖書館員」斯普林蓋爾；靦腆的青年比列克……

僅僅是一些榜樣，一些榜樣。一些大大小小的雕像。但他們永遠是雕像，而絕不是木偶。

15　波蘭地名，一九三九年德國法西斯在這裡建立了一座被稱為「殺人工廠」的集中營。

16　這個名字在手稿上空著。

第八章

一小段歷史

1931 年的伏契克

一九四三年六月九日。

在我的牢房門前掛著一根吊褲帶。那是我的吊褲帶。這是押解的標記。今天夜裡他們就要把我押送到帝國法庭去聽候判決了……事情就是這樣，在我生命的邊緣上，時光正在貪婪地啃嚼著最後的幾口。在龐克拉茨監獄度過的四百一十一天快得不可思議。還剩下多少天呢？我將在什麼地方度過這些日子呢？又將怎樣度過呢？

在這些日子裡，我將很難再有寫作的機會。那麼，這就是最後的敘述了。對於這一小段歷史，我顯然是最後一個活的見證。

……

一九四一年二月，捷克共產黨的全部中央委員以及準備萬一出事時接替他們的領導人全部被捕了。黨為什麼會遭到這樣嚴重的打擊，現在還沒有得到準確的證據。關於這個，有一天蓋世太保的頭頭們在受審時也許會供出來的。我也像佩切克宮的雜役一樣想仔細弄明白這事的真相，但是白費工夫。當然這事少不了有奸細的破壞，但多半是由於不謹慎。兩年來地下工作取得了一些成績，有些同志的警惕性多少有些放鬆。地下組織擴大了，經常有新同志參加到工作中來，有些人本來應該暫時作為候補人員在一邊等待一下的。機構擴大了，龐大得難以控制。敵人對黨中央的襲擊顯然蓄謀已久，在他們快要進攻蘇聯的時候就向我們下手了。

開始我不知道逮捕的範圍有多大。我還等著我平日的聯絡員，但他沒有來。一個月後，我才知道發生了非常嚴重的事情，不允許這樣傻等下去。我只好獨自去尋找關係，別的同志也這樣做。

我首先找到了洪扎・維斯科奇爾，他是捷克中部地區的領導人，他是一個有創造性的人。他搜集了一些材料準備出版《紅色權利報》，黨沒有中央機關報是不行的。我寫了一篇社論，但是我們倆又決定把全部材料（我還沒有看過這些材料）印成五一節的傳單，而不作為《紅色權利報》。因為另外一些同志已經在別處出版了《紅色權利報》，儘管印得相當簡陋。

我們進行了幾個月游擊式的工作。黨受到了沉重的打擊，但這個打擊不能置它於死地。幾百個新同志決心接替犧牲了的領導人的崗位，擔負起他們留下的未完成的工作，使這個組織的基礎不致被瓦解或陷於癱瘓。但仍然沒有中央的領導，游擊式的工作中蘊藏著極大的危險：因為在這最緊要的關頭——德寇準備進攻蘇聯時——我們的步調可能會不一致。

在我所收到的幾期以游擊方式出版的《紅色權利報》上，我認出了一個老練的政治家的手筆。而別的一些同志也從我們出版的、可惜並不十分成功的五一節傳單上，看出有可信賴的人存在。於是我們開始相互尋找。

好像在密林裡相互尋找一樣。我們一聽到聲音就跟蹤追跡，但卻從另一邊傳來了呼喚聲。沉重的損失，使得全黨更加謹慎、更加警惕，如果黨中央機關的兩個同志要碰頭，就必須通過他們雙方以及其他負責聯繫的人所設下的試探或暗號的重重障礙。這一回就更困難了，因為我不知道那「另一邊」的人是誰，而他也同我一樣，不知道對方是誰。

最後我們終於找到了一個共同的聯繫人，就是優秀的青年米洛什・涅德維特醫生，他成了我們的第一個聯絡員。這事也有偶然性。一九四一年六月中旬，我病倒了，打發麗達去請他來給我看病。他立即來到巴克薩家裡，我們就在那兒把事情談妥了。原來他就是受了委託來尋找「另一邊」的人，他根本沒有想到那「另一邊」就是我。相反地，他也像那一邊所有的人一樣，以為我被捕了，並且很可能已經犧牲了。

一九四一年六月二十二日，希特勒向蘇聯進犯。就在那天晚上，我們還同洪扎．維斯科奇爾一起印發了一份傳單，闡明這次進攻對我們來說意味著什麼。六月三十日，我和我尋找了這麼久的那個人會面了。他來到了我約定的聯絡點，因為他已經知道將同誰會面。而我那時還不知道將同誰會面。那是一個夏天的夜晚，從敞開的窗口飄進來槐花的清香，這正是情人幽會的美妙時刻。而我們卻拉下窗幔，打開了燈，互相擁抱起來。原來他就是洪扎．齊卡。

原來一九四一年二月裡，並不是全部中央委員都被捕了。中委之一的齊卡得以幸免。我早就認識他，並且早就愛戴他了。但只是現在，當我們在一起工作的時候，我才真正認識了他。圓圓的臉，總是笑瞇瞇的，像個慈祥的大伯，而在黨的工作中卻表現出堅決果斷，毫不妥協，有信心，有決心。他不知道，而且也不願知道還有比黨交給他的任務更重要的事。為了完成黨的任務，他可以放棄一切。他愛人們，人們也愛他，但他從來不以無原則的寬大博取別人的愛。

只用幾分鐘我們就把事情商量好了。過了幾天我認識了第三個新的領導成員，這就是洪扎．切爾尼，他早在五月間就同齊卡取得了聯繫。他是一個身材魁梧、風度瀟洒的小伙子，同群眾關係很融洽。他在西班牙打過仗，大戰開始後，他帶著一葉被打穿了的肺，經過納粹德國回到了祖國，還留著幾分軍人的氣質，具有豐富的地下工作經驗，是一個有才幹、有首創精神的人。

幾個月的緊張戰鬥和純潔的友誼把我們緊密地團結起來。我們這三個人的性格和能力是相互補充的。齊卡是一個幹練的組織家，認真而精細，辦事嚴謹，不會被任何一句圓滑的話弄糊塗。他深究每一則消息，刨根問底，從多方面分析研究每一個建議，熱誠卻又鐵面無私地監督每一項決議的執行。領導怠工和準備武裝鬥爭的切爾尼，用軍人的方式思考問題，機敏而有魄力。他精力充沛，不知疲倦，總能成功地找到新的工作方法和新的群眾。而我呢，是一個宣傳鼓動者，一個新聞記者，會憑自己的嗅覺工作，有點幻想家的氣質，為了平衡也兼有點批評家的氣質。

職務的畫分與其說是分工，倒不如說是分頭負責。因為我們每個人都必須參與全部工作，哪兒需要就分頭上哪兒去。工作是不輕的。黨在二月份受到的創傷還沒有復原。所有的聯繫都中斷了，有些地方的組織全部被破壞了，有的雖然保存下來，但接不上關係。一些組織、一些工廠，甚至整個地區幾個月都跟中央斷了關係。在關係接上之前，我們只好依靠中央的機關報，希望它能到達他們手中來代替領導。我們沒有聯絡點，也不能利用過去的聯絡點，怕有人監視著這些地方。最初我們還缺少活動的經費，糧食給養也十分困難，許多事情都得從頭做起……這一切恰恰出現在黨已經不能只做恢復和準備工作的時期。在德寇進攻蘇聯的日子裡，黨應該直接參加戰鬥，組織反對占領者的後方戰線，在敵後發動小規模的戰鬥，這不僅要靠黨組織本身的力量，而且要動員起全民的力量來進行。從一九三九年到一九四一年的準備時期，黨不僅對德國警察，就是對於人民也是極其隱秘的。現在，黨受到創傷，它在占領者面前應該更加秘密，更加改進自己的工作，但是在人民面前它卻應當從隱秘轉向公開，應當同黨外人士建立聯繫，應該向全國人民和每一個決心為自由而戰的人開門，同他們結成同盟，用直接的行動把那些還在猶豫的人引向鬥爭。

到一九四一年九月初，我們初步能夠這樣說：雖然還不能說已經把嚴重破壞的組織恢復起來——我們離這個還遠著呢，但是我們卻有了一個組織得牢固的核心，這個核心本身已經能夠、至少部分地能夠完成一些重大的任務。黨的活動明顯地恢復了。各個工廠的怠工和罷工的次數在增加，——九月底，他們派了亨德里希來對付我們。

第一次戒嚴並沒有摧毀那正在增長起來的積極反抗，但是把它削弱了，黨受到了新的打擊。特別是布拉格地區的黨組織和青年組織遭到嚴重破壞，一批黨的寶貴的幹部：揚・克雷依奇、什坦茨爾、米洛什・克拉斯尼和別的許多人都犧牲了。

每次遭到打擊之後，都可以看到黨是多麼不可摧毀。一個戰士倒下了，——如果另一個人代替不了他的話，就會有兩個或三個人站到他的崗位上去。一九四二年初，我們已經建立了一個堅強的組織，雖然它還沒有包括所有的部門，也遠沒有達到一九四一年二月的規模，但是它有能力在決定性的戰鬥中完成黨的任務了。雖然我們大家都分擔了這項工作，但主要應歸功於洪扎・齊卡。

關於我們在出版方面所做的工作，將來可以從同志們秘密保存在地下室或閣樓上的文獻資料中找到足夠的證據，我在這裡就不必多說了。

我們的報紙傳播得很廣，不僅黨內的同志讀，而且黨外人士也讀。它大部分是在許多各自獨立而相互嚴格隔離的秘密

「印刷所」裡用複印機印出來的。根據形勢的需要，經常出版很快。比如一九四二年二月二十三日斯大林同志給蘇聯軍隊的命令，二月二十四日夜晚就已經傳到第一批讀者的手中了。印刷人員出色地工作著，如醫生組，特別是「富克斯－洛倫茲」這個組，他們除了出版報紙，還出版了全世界反希特勒的情況報導。為了節省人力，其餘的工作都由我親自承擔。還準備了一個萬一我出事時可以代替我工作的人。在我被捕後，他就接替了我的工作，一直幹到現在。

我們建立了極其簡單的機構，這樣在執行任務時，就可以盡量少用人。我們縮減了一長串的聯絡點，因為一九四一年二月的經驗證明，過多的聯絡點不但不能保護黨的機構，反而會使它受到威脅。對我們個人來說這樣做的危險性是增加了，但對於整個黨卻安全得多。像二月裡的那種打擊就不會再重複了。

因此，在我被捕後，中央委員會只要補上一個新的成員，就可以安然地繼續自己的工作。至於候補的人是誰，連我最親近的戰友都一點不知道。

洪扎・齊卡是在一九四二年五月二十七日夜裡被捕的。這又是一次不幸的偶然機會造成的。那是在亨德里希被刺的當天晚上，占領者的全部機構都開動起來，在布拉格全城進行搜捕。他們也闖進了斯特舍肖維采的住宅，恰好齊卡那天晚上正躲在那裡。他的證件齊全，顯然是可以逃脫他們注意的。但他不願連累這個善良的家庭，就試圖從三樓的窗口跳下去逃走，但他摔倒了，脊椎受了致命的傷，被送進了監獄醫院。蓋世太保對落到他們手裡的這個人毫無所知。十八天以後，才在對照片的時候認出了他，於是就把這個生命垂危的人送到了佩切克宮受審。我被傳去對質時，在那裡同他見了最後一面。我們緊緊握手，他面帶親切的微笑對我說：

「祝你健康，尤拉！」

這就是他們從他嘴裡聽到的唯一的一句話。此後他就再也沒說過一個字了。他臉上挨了幾下，失去了知覺，沒過幾小時就死了。

五月二十九日我就知道他被捕的事。我們的「觸鬚」的工作做得很好。經過他們的協助，我和他商定了今後工作的大體步驟，後來又做了些補充修改，洪扎·切爾尼也同意按這個步驟進行工作。這就是我們這屆中委的最後一個決議了。

洪扎·切爾尼是在一九四二年夏天被捕的。這次不是出於偶然，而是由於同切爾尼聯繫的揚·波科爾尼嚴重地違反了紀律。波科爾尼完全喪失了作為一個領導幹部應有的立場。他在被拷問幾個小時後（的確是夠受的，但他能期待別的什麼呢？）供出了他和切爾尼碰頭的聯絡點。這就使洪扎被跟蹤上了。幾天以後他便落入了蓋世太保的手裡。

他們把他抓來後，立刻叫我去對質。

「你認識他嗎？」

「不認識。」

我們的回答是一致的。之後他就完全拒絕開口。他的舊傷使他經不住長時間的折磨。他很快就昏厥過去了。還沒等到第二次提審，他就知道了詳情，於是就照著我們的決定行事。

他們沒有從他嘴裡得到任何東西。他們把他牢牢地禁閉起來，長時間地等待，企圖用別人的新口供來逼他說話，但是沒有結果。

監獄沒有能改變他。他仍然生氣勃勃、快樂而勇敢。他還繼續給活著的人指出生活的前景，而他自己，卻只有死。

一九四三年四月底，他們突然把他從龐克拉茨監獄押走了。我不知道他們把他送到哪裡去。不過在這裡，突然被送走的人，照例是凶多吉少的。當然，也可能猜得不對。但是我想，我們倆是不會再見面了。

我們對死亡有足夠的估計。我們都知道：一旦落到蓋世太保手裡，就不會再有生還的希望。在這裡我們正是根據這一點來行動的。

瞧，我的戲也快收場了。我已經寫不完了。我無法知道它的結局。這已經不是戲。這是生活。

生活裡是沒有觀眾的。

幕已經揭開了。

人們，我是愛你們的！你們可要警惕啊！

一九四三年六月九日

尤利烏斯・伏契克

【獄中書簡】

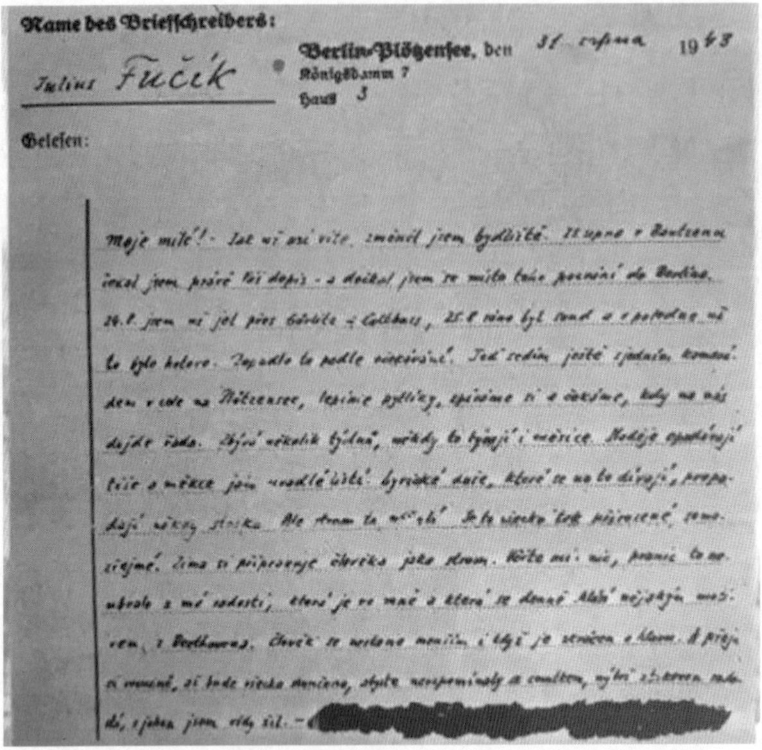
Name des Briefschreibers:

Julius Fučík

Berlin-Plötzensee, den 31. srpna 1943
Königsdamm 7
Haus 3

Gelesen:

Moje milé! – Jak už asi víte, změnil jsem bydliště. 23 srpna v Bautzenu
četl jsem právě Váš dopis – a dočkal jsem se milé tiché procházky do Berlína.
24.8. jsem už jel přes Görlitz – Cottbus, 25.8 jsem byl zde a o poledni už
to bylo hotovo. Dopadlo to podle očekávání. Teď sedím ještě s jedním kamará-
dem v cele na Plötzensee, lepíme sáčky, zpíváme si a čekáme, kdy na nás
dojde řada. Zbývá několik týdnů, někdy to bývají i měsíce. Naděje opadávají
tiše a měkce jako uvadlé listí. Lyrické duše, které se na to dívají, propa-
dají někdy stesku. Ale strom to nebolí. Je to všechno tak přirozené, samo-
zřejmé. Zima si připravuje člověka jako strom. Věřte mi: nic, pranic to ne-
ubralo z mé radosti, která je ve mně a která se denně hlásí nějakým moti-
vem z Beethovena. Člověk se nezmenší, i když je zkrácen o hlavu. A přeji
si vroucně, až bude všechno skončeno, abyste nevzpomínaly se smutkem, nýbrž s takovou rado-
stí, s jakou jsem vždy žil. – [redacted]

伏契克絕筆信手稿（塗黑處為納粹所刪）

第一封家書

我的親人們：

問候並擁抱你們大家！十分感謝你們給我寄來的幾件內衣和一套外衣。這套衣服恰合我意。不然的話，我這麼個人要穿上過去那條黑色的破舊褲子，顯然會有裸皮露肉之虞。當然，若是那套深色的衣服，則更實用些，你們要能把它改一改就更好了。

我們倆，古斯蒂娜和我都很健康。請不要掛念我們。最好由爸爸媽媽親筆覆信，談談自己的身體感覺怎樣；談談我兩個胞妹和他們各家的生活如何；談談家裡的小山雀和小燕子都在幹些啥。我的地址是：布拉格十一區，布列多夫大街二十號，國家秘密警察局，第四二四辦公室，轉尤利烏斯．伏契克收。

有機會你們可以到這個辦公室來，請求警官先生同意探監。假如你們沒有馬上得到答覆，也可以再寫信問問。好吧，我再次熱烈地問候並親吻你們。

再見，你們的尤拉。

一九四二年九月四日

媽媽致尤拉

親愛的兒子：我們非常高興收到你的來信，謝天謝地，我們都很健壯。現在小山雀多極了，但今年沒住咱家的老巢。小燕子棲落在咱家的屋頂和電話線上，唧唧喳喳地叫個不停。你知道，我們沉浸在回憶之中。今年夏天妙不可言，令我們陶醉其中！活計總是很多，夠我們忙活的，所以覺得日子過得快如流水。葉雷克還是那麼機靈，哪隻耗子也逃不脫牠的利爪。好了，咱家一切大事都告訴你了。快點給我們回信。爸爸也想寫幾句，得給他留點地方。媽媽緊緊地擁抱你，吻你。

爸爸致尤拉

親愛的尤利恰：只要我釣住一條小魚，便會想起你來。我已經能行走了，只是步子還不大穩。這並不奇怪，因為少了一條腿嘛。沒有什麼新情況，一切照舊。父親衷心地問候你。

妹妹莉芭致尤拉

親愛的尤利卡：真叫人喜出望外，你終於來信了，雖然它很簡短。我把信讀了很多遍，幾乎都能背過了。寄去的衣服很合你意，我很高興。深色的那套我們一定趕快改好。我為你打了一雙厚襪子，還沒寄走，因為天氣太暖和了。請來信說明，你需要些什麼，是否需要絨褲和便鞋？還有運動衣和絨線衫？瞧，有多少話要問你！能否將孩子們的小照寄給你？你大概會認不出他們了，但我沒什麼變化。現在我在學騎自行車。我對自己說，一定要學會，可你是知道的，我很笨：車子、我本人和全家都跟著受罪。我畢竟已能自己騎了——我學車的過程完全可以寫一部小說。你提到了那些小山雀，讀來十分親切。願上帝保佑你，尤利卡。熱烈地吻你，並盼你很快再來信。你的莉布卡。

妹妹維拉致尤拉

親愛的尤利卡：這應算我第一次給你寫信，雖然我已度過了四分之一世紀。光陰荏苒，快如飛梭，對嗎？我出嫁已有兩年，但還沒有孩子。我若能養個小孩兒該多好啊！不過需要等個好時光。你知道，我為了消磨時間，已接受市劇團的聘請，參加話劇和小歌劇的演出。自然要用我娘家光榮的姓囉。我們急切地盼你來信，哪怕只寫幾句也行。我們大家一遍又一遍地擁抱、親吻你。家裡的人馬上就要去看望你。你的維拉。[1]

---

1 何雷譯自古斯塔・伏契科娃《回憶尤利烏斯・伏契克》（納粹占領時期）。

致兩個妹妹

親愛的莉巴和薇拉！

原定在耶誕節前的探監現已無法實現，因此，你們已無必要來布拉格。耶誕節後再見吧，準確的日期下次我會函告你們。在收到我的或者古絲蒂娜的信之前，你們就不要來探監了。不過你們可以給我們每一個人寄一個食品郵包來——給古絲蒂娜的請寄查理廣場監獄，給我的請寄龐克拉茨監獄——裡邊放一點兒聖誕麵包，一些餅乾，以及其他食品就可以了。東西不宜太多，最多不超過兩公斤。我們預先向你們表示感謝。

祝耶誕節好！我們多多問候你們。

古絲蒂娜和你們的尤拉

一九四二年十二月十五日[2]

2　何雷譯自古斯塔・伏契科娃《回憶尤利烏斯・伏契克》（納粹占領時期）。

致什普林格爾[3]

親愛的朋友！

你秘而不宣的問候給了我莫大的安慰和快樂。可惜的是：你已經不在這裡（當然僅僅是待一會兒），我們已不能再聊上幾句，du,Mensch,du![4]看起來，我們重新歡聚的希望已經越來越小。最近他們又抓來了一些人。這些人的口供——雖然並非出於惡意，但卻愚蠢地——使我的案情進一步加重了。我那位警官對我雖然依舊相當客氣，但是我清楚地知道，形勢已變得對我十分不利，如果說從前還不算太壞的話。總之，時間拖得太長了，這便是問題的所在。如果清醒地估計一下形勢，我肯定看不到戰爭結束的那一天了。

你大概已經知道，「四〇〇號」已經徹底破壞了；你也許已經聽說，我也再不是「雜役」了。瞧，當一個人老是呆呆地坐在牢房裡時，那是什麼樣的一種滋味啊——這一點也許不用我向你贅述了，然而我的心情很好，如同這裡所有的人一樣。

朋友，如果你能不時地把當前形勢及其發展情況扼要地寫信告訴我，我將非常感謝你。不過，我只求你如實相告，不要摻加水分。你的消息越詳盡越好，我們這裡非常需要它們，尤

3　一九四三年一月末或二月初，伏契克寫了一封密信，由揚·赫費爾從獄中帶給一月九日獲釋出獄的斯坦尼斯拉夫·什普林格爾。

4　德語：「你呀，你這個傢伙！」

其是現在我無法外出的時候（指去佩切克宮——作者注）。望多加保重，切切。

現在，小伙子，我祝你幸福地、trotzalledem[5]活下去！再見！

你的J.[6]

一九四三年一月末或二月初

5　德語：「儘管如此也要」。

6　何雷譯自古斯塔·伏契科娃《回憶尤利烏斯·伏契克》（納粹占領時期）。

致古斯塔·伏契科娃

我的果實係晚熟之列，
從地獄汙水升起的濃霧中汲汁、甘甜，
當霧氣瀰漫憂鬱的草原，
當初雪覆蓋蜿蜒的山巒。

弗·克·沙爾達[7]

我親愛的！

我倆要再像孩子似的在一個陽光普照、和風吹拂的臨河的斜坡上攜手漫步是沒什麼希望了。我想再有那麼一天，重新生活在和平、寧靜、舒適與滿足中，在書籍友愛的懷抱裡，寫下我們曾共同談論過的、二十五年來在我腦海裡構思和成熟起來的一切是沒什麼希望了。當他們搗毀了我珍藏的書籍的同時，他們也就把我生命的一部分埋葬了。但我絕不屈服，絕不讓步，堅決不讓自己生命的另一部分在這間二六七號白色牢籠裡不留絲毫痕跡地完全毀掉。因此，我現在正從死神那兒竊取來的一點時間，抓緊寫一些捷克文學的札記。請你永遠記住將要把我的手稿轉交給你的那個人，正是他使我不至於完全、徹底地從人世間消失。他給我的筆和紙，喚起了我一種只在初戀時才會有的感情，引發出了一種難以言傳的心緒。當然眼下

7　弗·克·沙爾達（1867-1937），捷克現代文藝批評的奠基人。

沒任何文獻資料，更無從引經據典，要寫出一點東西來是不容易的，即或呈現在我眼前的是些活生生的、我似乎可以觸摸到的一些東西，然而對我的讀者來說卻會是些模糊和不現實的。因此，我得首先給你，我親愛的，給我的助手和第一個讀者寫信，因為你最能猜透我的心思，而且你還可以和拉扎以及我那位白髮蒼蒼的出版家一起做些必要的補充。我的心和腦子可說是裝得滿滿的，但這兒的四壁卻空空如也。你要寫有關文學評論、札記一類的東西，而手頭上卻連一本哪怕只讓你瞟上一眼的參考書都沒有，這豈非咄咄怪事！

命運原本就是那麼荒誕不經。你知道我是多麼喜歡那廣袤的曠野、陽光和風。多麼願意成為生活在它們之中宇宙萬物的一分子：像隻小鳥或一簇灌木，一片雲或一個流浪漢。然而多年來，我就像樹根一樣地註定要生活在地下。這些樹根或許長得歪歪扭扭很是難看，發黃的，它們被黑暗與腐爛物包圍著，然而它們卻使地面上的生命之樹昂首挺立。無論有多大的風暴也休想將那根深蒂固的生命之樹吹倒。這就是樹根驕傲之所在。我也以此感到驕傲。我從不後悔我成了樹根。我沒什麼可悔恨的。我力所能及的，我都做了，並且樂意去做。但是那光明，我鍾愛的光明，我多麼願意破土而出，在它的光照下茁壯成長，長得挺拔高大；我多麼希望也能開花，也能結出可供食用的果實來呀。

喏，有什麼法子呢？

在由我們這些樹根支撐著的樹上，一代新人正在發芽生長、開花結果。他們是社會主義一代的工人、詩人以及文學評論家和歷史學家，縱令遲一些，但他們將會更加出色地去評論我已無法評論了的一切。這樣，我的果實方能變得甘甜和豐碩起來，雖然已永不會再有白雪飄落到我的山頭。

一九四三年三月二十八日於二六七號牢房

致父母親與妹妹們

親愛的媽媽、爸爸、莉芭、薇拉和所有的人們：

正像你們所知道的，我的住址已有變動，我來到了鮑岑監獄。走出車站以後，沿途的印象是：這裡是一座恬靜、整潔而且令人愉快的城市——它的監獄也是如此（當然，如果監獄也能使囚徒感到愉快的話）。犯人的待遇很好，伙食也不壞，工作是生產紐扣——唯一美中不足的是：佩切克宮喧囂後的那種寂靜這裡似乎多了一些，因為我們大家都住單間。但是幹起活來時間便過得飛快，我還可以借閱圖書——如同你們從附寄的監獄規則中可以看到的那樣——也可以閱讀某些雜誌，因此我不能再抱怨說寂寞無聊了。況且，寂寞無聊往往是庸人自擾。比如有這樣一些人，即使在別人生活得很好的地方，他們也感到寂寞無聊。而我總覺得，任何地方的生活都充滿著樂趣，即使在鐵窗下面生活也是如此。處處都能學到東西，處處都可以找到對未來有益的東西，當然要是你還有未來的話。

我是帶著秘而不宣的希望離開布格拉：但願古斯蒂娜能平安出獄。負責我的案件的警官曾再次向我保證，他一定會釋放她。我希望他的這些話不僅僅是我出發前對我的「安慰」而已，也許她正在和你們一起閱讀我的這一封信了。假如她沒有回來，請你們設法去看看她，並代替我擁抱她。她是一個心地十分善良的人，一個十分堅強的人，她應該享受最大的幸福。你們千萬別丟下她不管，請幫助她去得到幸福吧，假如萬一我已經無能為力的話。

快來信告訴我你們那兒的新情況。請遵守附寄的監獄規則，即不要寄包裹，至多可寄點錢來，寄交上開地址（我收即可）。我再一次請你們相信，我生活得非常之好，你們盡可以放心。

現在，我衷心地問候你們大家，我親吻和擁抱你們，希望能夠見面！

你們的尤拉

一九四三年六月十四日

兩個妹妹的回信

我親愛的、熱愛的尤拉：

你一定認為，既然我們沒有給你寫信，一定是很少想到你。你如果那樣想，那可就冤枉我了。我當時就給你寫了回信，可是他們沒有轉給你，因為信裡夾了錢，結果都給退了回來。大概你已在為我們擔心，這使我十分不安。我可以向你保證，我們大家都非常健康，兩位老人也非常快活，他們的草地已經收割完畢，其餘的活茬就不多了。果樹沒有結果，草莓很少，青菜都給蟲子吃了。這是旱災的結果，儘管雨後大有好轉，但終究是今非昔比了。上星期二我給古斯塔寫了信，目前尚未得到回信。她還是從前那樣，喜歡看信而不喜歡動筆。我們經常定期地寄包裹給她。我感到十分遺憾的是，我卻不能把包裹也給寄去，哪怕是寄些麥乳精也好。現在我將耐心地等待，說不定今後他們也會允許對你這樣做的。此外，你的來信使我們十分放心和高興。我們沒有把你遷往別處的消息告訴兩位老人，我不願去驚動他們，我要力爭使他們盡可能愉快地度過晚年。你知道，他們時刻在惦念著你。不過，他們心平氣和，對一切問題都有自己的看法，我也從不和他們爭辯，我們什麼也不說。告訴你，尤拉，我已經給你請到了律師，雖然佩爾克曼博士和霍夫曼博士還在柏林，過幾天他們會前來要求你就授權問題簽字的。尤拉，我為此可傷透了腦筋。請你相信，我絕不會去做我不應該做的事。我只希望能設法減輕你生活中的痛苦。我請求你，為了讓我們大家放心，你就簽字吧！你也許認為這是屈服的表現而不肯接受辯護，但是，我請求你！

我問你，我這樣想念你，這樣跟你說話，你能感覺到嗎？每天晚上十點到十一點，我都跪在陽台上，向兩顆星星傾訴我的衷腸，一顆是你，另一顆是古斯塔。我現在又有了第三顆星，我稱它為「上帝的眼睛」。我祈禱它給你送去問候與親吻。在漆黑的夜晚，當烏雲密布、星光隱去時，我耐心地期待著，希望至少那「上帝的眼睛」能看上我一眼。我相信它每天都是這樣。儘管我看不見它，但我的心卻感覺到了它。當這種感覺變得十分明朗之後，我才回去睡覺。我感到欣慰的是，你還可以讀書和工作。你將想像不到，我會多麼地珍愛每一顆紐扣啊！我要是好好地看看它是怎樣做出來的。你能送我一顆的話該多好啊！你能寄給我嗎？襯衣還能穿嗎？我是否可以要求給你寄些必需品去？殷切地盼望著你的下一封信，希望它能寫得長些。

學校一放假，我便立即去布拉格看望古斯塔，我多麼希望能早日見到她啊！我們天天盼，夜夜盼，盼她回來，然而就是不見她的蹤影。我真想馬上去把她領回家來！值得慶幸的是我們可以常常寄些包裹給她。現在，她每週都能得到麥乳精，這東西還不錯，是嗎？我還給她寄過蛋糕，她可喜歡吃了，但願我也能給你寄去。今天我正等媽媽從霍季姆涅日村來這裡檢查身體。像她那樣結實的老人，今後恐怕再也不會有了。但願如此。她現在胃口好極了，喝羊奶，幹活勁頭可足了，整天忙個不停。爸爸還是老樣子，有時不用拐杖也能走上較長的一段路了。他已經到林子裡轉了轉。現在他們待在霍季姆涅日村心裡很難過。你知道，從前我們大家都在這兒歡聚、多麼熱鬧，而現在只剩下他們倆了。放假後我將把漢妮奇卡送到那邊去，對兩位老人來說她可太頂用了，她現已長大成為一個大姑娘了，她能很好地照料我們家所有的家畜，從耶里克到莉津卡。提起莉津卡，真可以寫上一本童話，牠太機靈了。東拉西扯寫了一大堆，夠你看上一陣子的。我親愛的哥哥，現就此擱筆。

也許你會寫一封很長很長的回信來。我向你轉達咱們全家對你的最美好的問候，我們大家祝你身體健康，心情平靜。我親愛的尤拉，千百次地吻你，心中擁抱你，永遠想念你！

你的莉布謝

一九四三年七月七日

親愛的尤拉：

莉布謝已經給你寫了很多，所以我再也沒有什麼新聞可以告訴你的了。你知道，我像咱爸那樣從來不是一個讀書人。看起來我這個人談吐粗俗、不易接近，但是我心裡卻隱藏著十分豐富的情感，只不過我不善於向別人表達罷了。正因為這樣，當我們前去探望你時，你也許會覺得我不像姐姐那樣喜歡你。但是，親愛的哥哥，也許沒有一個人會像我那樣焦急地盼望著你的歸來。雖然，你一定知道，我從來沒有做過禮拜，但是為了你，我卻朝朝暮暮祈求上帝保佑你。尤拉，我是多麼想念你！當我獨自一人時，我把最美好的稱呼獻給你，同時，我堅定你一定會回來。你必須堅忍不拔，也必須像我們大家一樣堅定自己的信念。再見了，我親愛的，祝你勇敢堅強！我在心中偷偷地親吻你，如同你用濕潤的嘴唇給我親吻那樣。

你的薇拉

一九四三年七月七日

致家人

我親愛的人們！

時間過得飛快。自從我從這兒給你們寫信至今，似乎只過了幾天光景，但是在我的桌子上又擺好了鋼筆和紙……一個月又過去了！整整的一個月！你們也許會認為，監獄裡的時間是多麼漫長——不，不是的。也許，正是因為這裡的人在數著終點過日子，因此這裡能清楚地看到：它們是多麼短促，一天、一個星期、整個一生都是多麼短促。

我獨自一人住一間牢房，但我並不感到孤獨。我在這兒有好幾個朋友：書，我做扣子用的紐扣機，口小肚大、盛水用的水壺（人們常常拿它開玩笑，它使人想起寧願喝酒而不願喝水的酒鬼），以及牆角裡的一隻小蜘蛛。跟這些好朋友你可以盡情地談天說地、回憶往事和歌唱，這真是叫人無法相信！連那台紐扣機說起話來也娓娓動聽，它也能隨著我心情的變化而變化——我們彼此太了解了。當我有時忘了擦它，它就會發脾氣，就會嘟囔個不停，直到我改正了自己的錯誤為止。

此外，我在這兒還有許多朋友。不是在牢房裡，而是在我每天去放風的院子裡。那個院子不大，它和種著參天古樹的大花園只有一牆之隔。在小院子的草地上長滿了形形色色、千姿百態的花草，在這麼小的一塊草地上看到這麼多的花草，我還是第一次。它看上去有時像山谷裡的一片草地，有時又像一塊林中空地，到處是三色堇，像美麗的洋娃娃似的雛菊，像牧鵝少年似的風鈴草和春白菊，以及各種蕨類植物，真使你賞心悅目、流連往返。跟它們同樣有說不完的話哩！——這樣，又過了一天、一個星期，啊，一個月又過去了。

是的，一個月又過去了，但是沒有得到你們的任何消息。要不是幾天前我收到了莉芭寄來的十個帝國馬克，我甚至不會相信，你們已經接到了我的信，你們已經知道我現在在什麼地方。但目前為止，你們的信我一封也沒收到。也許是路上遺失了。給我寫信吧，寫吧，你們可以每月寫信談談：你們情況怎樣，生活過得怎樣，古斯塔的情況又怎麼樣。你們如若方便，請給我寄個包裹：睡衣一件（就那套紅色的），襯衫一件，毛巾一條，肥皂一塊。不要寄食物。沒有必要，也不允許這樣做。就此擱筆。親吻和擁抱你們大家，再見！

你們的尤拉

一九四三年七月十一日

妹妹莉布謝的回信

親愛的尤拉！

今年七月七日收到了的第二封信，它使我們無限欣慰。主要的是知道你身體健康、心情很好。

七月七日我給你寫了一封長達四頁的信，最近幾天想必你便能收到。因為我是用捷語寫的，所以它會耽擱一些時候。今天莉芭把我的信譯成了德文，因此，我想，它會早些到達你的手中。你必須知道，我們大家的身體都好，我們時刻都在想念著你。

直到七月十七日為止，古斯塔一直待在布拉格，現在她已到了特雷津。正好昨天她給我寄來了一封信，叫我給她寄些零用雜物，面油和頭巾也要。由此可知，她可能常在烈日下幹活，說不定是在菜園子裡或者在地裡勞動。古斯塔喜愛這種工作，她熟悉它和喜歡它。我可以每星期寄食物，分量也可以多些。這使我感到寬慰。古斯塔日夜為你擔心，想念著你的生活情況，你是否給我們寫信。我真高興，我現在可以用你剛剛寄來的信去安慰她了。

尤拉，我只求你一件事：假若柏林的律師要求你授予全權的話，請你千萬不要在簽字上猶豫了。請想一想我們的媽媽吧，她還以為你正在辦公室裡寫東西哩！請想一想我們吧，我們大家只希望你好。你也許無法知道，我多麼想念你，我常常在心裡向你訴說衷情。

我還要告訴你，雖然我們在這所房子裡住了很久，但我從來還沒發現過蜘蛛。可是你想，當我星期六收到你的來信，連忙跑到隔壁去告訴薇爾卡時，我卻看見一隻美麗的小蜘蛛從鋼琴上落下來。起初，我以為我是淚眼昏花而看見了幽靈，可是大家都看到了牠。你一定能想像得到，我心裡是多麼的高興啊！我知道，在你那裡也有一隻這樣的蜘蛛，而現在我的這隻蜘蛛吊在鋼琴上，吊在這個充滿美妙樂音的樂器上。

你知道，你的來信中我能清楚地想像得到你的生活情況。你那個小院子不正是你的花園嗎？

這裡的天氣好極了，我們常在園子裡幹活，星期日我們將帶漢娜到霍季姆涅日村去住上一個星期，能暫時讓兩位老人高興高興也好。

莉布舍將留在商店裡，那裡的工作非常需要她。

爸爸和媽媽身體健康，精神很好，我真為他們高興。媽媽又像從前那樣在修整小路。爸爸則在修理大大的鎖，他埋怨說又沒有菸抽了。

耶里克再也不追雞了，因為我們一隻雞也沒有了。

我們這裡生活依舊。就此擱筆。吻你，尤拉，盼望著你的回信，願我們能早日見面！

所需衣物明早寄出。

莉布謝

一九四三年七月二十日[8]

8　劉遼逸譯自《伏契克文集》。

致我親愛的

我親愛的（Moji mili）：

其實我應該寫成 moje milé（我親愛的），因為在你們那裡你們全都是女性。那麼，moje milé，我生活如常，光陰飛快地過去，我正如你們所希望的那樣「心平氣和」。我不明白，為什麼不保持平靜的心情呢？我已經接到了你們的兩封來信，我一直為它們感到快活不已。你們想像不到的是，你如果在兩封信中努力尋找的話，能找到多少東西啊！甚至能找出你們在信裡沒有寫到的那些東西。你們希望我的信能寫得再長些。我心裡的確還有許多要說的話，但是信紙卻不能再長了。因此，你們至少能感到滿意的是：曾經經常受到你們譴責的我的蠅頭小字現在寫得更小了。今天這封信裡的一半是給古斯塔的。請你們把它剪下來寄給她。當然，你們自己也先讀一讀吧。它也是寫給你們的。

親愛的莉芭，我已經得到你給我請來的兩位律師的要求我授予全權的簽字。我認為那完全是多餘的，不過我還是簽字了。我這樣做不是由於我存在的幻想，而是為了將來你再不會這樣說：當初他假如聽從我的勸告就好了，當初他如果簽字就好了，等等。我當然堅信，這不是我最後一次讓你感到高興。姑娘們，等到你們給古斯塔寫信時，請把我的地址告訴她，讓她提出申請，准許她給我寫信。薇拉，我了解你的感情，你不必擔心！關於爸爸的那些話你說得妙極了。

也許你們會這樣想，一個人被判了死刑的人心裡會老惦記著死，並因此而感到痛苦。這是一種誤解。打從第一天起我便把生死置之度外——這一點，我想，薇拉是知道的——同時，你們也許從來沒有看見我痛苦過。我根本就沒有把它們放在心上。死，只對那些活著的人，對那些還留在世上的人，才是沉痛的。因此，我預祝你們變得堅強和勇敢。不過，我想，這些話也是多餘的。請你們儘快、多多地寫信來（你們可以寫得勤些）。擁抱和親吻你們大家，再見！

你們的尤拉

一九四三年八月八日[9]

9　張昌、劉遼逸譯自《伏契克文集》。

致古斯塔

我親愛的古斯塔：

我獲准給你寫幾行字，因此我立即伏案疾書。莉芭來信告訴我，你已經換了住址。我親愛的，你知道嗎，我們彼此相距並不遠呢。假如早上你從特雷津出發北上，我從鮑岑出發南下，那麼晚上我們就能會面了。那時我們將拚命地向著對方跑去，對嗎？總的說來，我們是在家鄉的土地上旅行。你現在在特雷津，那是我叔叔[10]贏得崇高聲譽的地方，我就要被押解到柏林，那是他逝世的地方。但是我並不認為，所有姓伏契克的人都必須死在柏林。

也許莉芭已經把我的生活情況寫信告訴你了。我住單間，製造紐扣。我幹活不錯，所以有伙食補貼。在牢房牆角裡靠近地板的地方有一隻小蜘蛛，在窗外有一對小山雀。牠們離得很近，近極了，所以我聽見了牠們孩子般唧唧喳喳的叫聲。現在牠們領著幼雛飛走了，為了養育雛鳥牠們可是操碎了心啊！此刻，我回想起你曾經為我把牠們唧唧喳喳叫聲翻譯成人類的語言。我親愛的，我老在跟你說話，而且一談就是幾個鐘頭。我等待著，盼望著，有朝一日能和你當面交談。那時我們都有多少心裡話要相互傾訴啊！我親愛的，你這個小鬼！要勇敢堅強！熱烈地擁抱你！吻你！再見！

10　作曲家尤利烏斯·伏契克，1872-1916。

你的尤拉

一九四三年八月八日

致妹妹的絕筆信

我親愛的：

你們也許已經知道，我的住址已有所變動。八月二十三日，我在鮑岑等著你們的來信，可是得到的卻是去柏林的傳票。八月二十四日，我途經格爾列茨和科特布斯。八月二十五日，上午開庭，中午時分審訊結束。結果不出所料。現在我正和一位朋友坐在普勒岑湖監獄的牢房裡，糊著紙袋，唱著歌兒，等著輪到我們的時刻。還有幾個星期，說不定也會拖到幾個月。希望像枯萎了的樹葉無聲無息地、輕輕地凋落在地上。看著那飄零的落葉，多情善感的人們往往會觸景生情，悄然落淚。但是樹木卻不會感到痛苦。這一切是那樣的自然，那樣的理所當然。一個人也會像一棵樹那樣經受嚴冬的考驗和鍛煉。相信我，這裡所發生的一切絲毫沒有奪去我的歡樂，歡樂活在我的心裡，歡樂天天以貝多芬的曲調表現出來。人並不會因為被砍掉腦袋而變得渺小。我熱烈地盼望著：當一切都變為陳跡之後，你們在回憶起我時不是心懷悲哀，而是心懷歡樂，如同我在一生中所享受到的那種歡樂一樣……[11] 這只不過是一些想法而已，我知道，你們今後不管幹什麼事都必須親自動手了。但是當遭遇挫折時，千萬不要絕望，也不要苦惱。在每個人身後總有一天大門是要關上的。請你們考慮一下父親的問題：你們是否應該把這件事直接告訴他，或者只暗示一下。最好不要

11　下面一段被德國納粹刪去。

再用任何不幸的消息去驚擾他的晚年。你們自己決定吧，現在你們比我更接近他和媽媽。

請來信告訴我古斯塔的情況，並望代我向她致以最美好的問候。願她永遠勇敢堅強，希望她不要懷著她那種我時刻都能感覺到的真摯和愛情而獨守空房。她還非常年輕，非常富有情感。她沒有理由為我守寡。過去我曾竭力要使她幸福，現在，我希望她失去了我仍然能夠幸福。她會說這是不可能的。但這是可能的，每一個人都是可以被代替的，不論在工作方面還是在情感方面，都是如此。不過，這一切你們現在暫時不要告訴她。等她回來後再說——假如她還能夠回來的話。

也許你們現在很想知道（我非常了解你們）我的生活狀況。我生活得很好。在這裡我還有工作，我也有書和報紙，而且不是獨自一人待在牢房裡，所以時間過得很快……甚至是太快了，像我的朋友所說的那樣。我們在這裡，如同我到過的德國所有地方一樣，待遇是蠻不錯的。比如，我在鮑岑監獄時，每星期可以收到家裡寄來的食物包裹，裡面都是些能夠存放的食物（糕點、白糖、蘋果、醃豬肉等）。雖無明文規定，但每個囚犯都可以這樣做。你們知道，我對德國民族從來不心懷敵意。我在這裡的經歷再一次向我證明，德國人民像過去一樣心地善良。不過，當然，現在是戰爭時期。

我親愛的妹妹，現在我熱烈地擁抱和親吻你們大家。再見了——雖然它聽起來有點兒奇怪！

你們的尤拉

一九四三年八月三十一日[12]

12　一九四三年八月二十五日，伏契克在德國柏林被納粹法庭判處死刑。

大妹莉巴給古斯塔的信

親愛的古斯塔：

當我收到你從特雷津寄來的內衣包裹時，我以為你很快便可以回家了。但是，你卻離我們不是越來越近，而是越來越遠了。結果，我們這兒還只是我們孤零零的幾個人。我曾收到了尤列克的來信，發信地點和日期是：鮑岑，八月九日。信的一半是寫給你的，他獲准給你寫信，他請你也給他回一封信，他現在在柏林普勒岑湖監獄。我每天都盼望著他來信。只因路途遙遠，書信往返甚費時日。我已向你們集中營管理處提出了請求，請求他們准許我把尤列克的來信轉寄給你。尤列克說，你盡可以放心，心情要好，沒有必要焦急不安。他時刻都在惦念著你……希望你很快便能來信，或者如果你只能寫一封信時，我求你還是把信寫給尤列克吧。他的地址是：柏林，普勒岑湖——施特蘭范施塔爾特。

莉巴

一九四三年九月十三日[13]

同月三十一日在柏林勃洛琛斯監獄給妹妹寫了最後一封家書，九月八日被德國納粹殺害。

13　張昌、劉遼逸譯自《伏契克文集》。

古斯塔致尤拉

我親愛的尤列克！

我獲准給你——我親愛的人——寫信。莉巴把你的地址告訴了我。我還從與麗達談過話的約什卡那裡知道了關於你的其他消息。我期待著莉巴把你寫給我的那幾行字給我寄來。也許你無法想像，我是多麼想能立即看到它們！我每天都在和你交談，我每天都在撫摸你，我每天都在吻你，我最親愛的人！

現在我們一同到了克爾科諾舍山，山風送來了夏天最後的問候；驕陽當空，我們如同那次在高塔特拉山上一樣被曬得兩頰緋紅。我們來到山間旅館，品嘗了龍膽草。這個月我們又要到鐘比耶爾去，然後去遊覽波洛尼納。雖然我們要當心狗熊，但是，跟你在一起我什麼也不害怕。最後我們回霍季姆涅日村去看看我們的家。西科爾卡[14]是否又回來了？耶里克在幹些什麼？我們又得上山去打柴，又要忙得不可開交了。特別是你的文學史，你要在霍季姆涅日村把它寫完。

現在，我的尤列克，讓我吻你，握你的手，擁抱你。再見！

14　捷克語：「小山雀。」

你的古絲塔[15]
一九四三年九月底

15 此信寫於一九四三年九月底。每月底是犯人可以寫信的日子，當時被關押在德國特雷津監獄的古斯塔知道伏契克已被審判，不知是否還在世，因為判決後有一百天的執行期限。何雷譯自古斯塔・伏契科娃《回憶尤利烏斯・伏契克》（納粹占領時期）。

【附錄】

青年伏契克

列金卡和刑吏

〈列金卡和刑吏〉反映了本世紀三十年代歐洲一次巨大的經濟危機如何波及到捷克農村，致使大批小商人破產、農民受剝削和貧困的情景。

有那麼幾天，軍訓遇到了困難。我們幾乎是逆流而行。軍旗已在對岸尋找我們了。河水要能凍成冰就好了，那我們就不會感到它又寬又長，像離聖誕節還有兩年似的。完全沒有冬天的景象，只有瀰漫的濃霧，完全像是從水裡升騰起來的一種瘴氣，它會使人全身痠疼，引起傷風感冒。要說老天爺也是長了眼睛的，他大慈大悲，知道人們已經沒有取暖的東西了，要是他還送來嚴寒，那豈不是這裡凍死一個，那裡凍死一雙嗎。幹嘛要引起人們這多的不滿和怒喊呢。何況這種濃霧對癆病還是大有裨益的，比如讓你一個勁地咳，咳呀，咳呀，咳得你不能再咳了，那大伙兒也就會非常高興，因為安寧有了。只不過你個人算是倒了霉，但誰也不會去為一個癆病者的死亡大喊大叫的。

我們隊伍也就這麼稀稀拉拉地朝前趕，汗濕透了全身。好不容易才進到一個村子，那裡全是些黃色、藍色的矮平房。村裡的人像是死絕了，沒有一個人出來歡迎我們，誰也不理我們。大姑娘對丘八微笑送秋波的時代已不復存在了啊，只是在歌曲裡還能聽到，而在現實生活中連孩子們都不屑於瞧我們一眼。

我們在村裡較空曠一點的地方紮營，恰好在一個小飯鋪的前面。這倒是個好機會，我說，咱們幹嘛要把錢留在口袋裡呀，它不會給我們變出個火爐來的，倒不如去飯鋪裡暖和暖和。於是我們去了。真倒楣，門釘得死死的，我們捶了幾下也沒個回音，真想把它砸開。一想，何必呢，外面都這麼潮濕陰冷，裡面也不會暖和到哪裡去。

嗨，反正已經發了稍息令，用不著急忙趕回去，待在廣場上乾瞪眼，去挨餓受凍？難道就沒有別的辦法可想？真是，天無絕人之路，就在小飯鋪的旁邊不遠處，我們發現了一個小店，門上寫著：

概不賒帳！

真是，這與我們有什麼關係。任何時候也沒有人給我們賒帳，何況我們本身就是債主，我們還等待分期付款呢。可我們還得賣苦力，還得忍飢挨餓。現在我們就餓著。我們只是要點麵包、鹹肉之類的東西就行了。

我們去開小店的門，響起了鈴鐺聲。一些商店的老闆通常都喜歡到工廠去訂做自己鋪子要掛的鈴鐺，從不把訂做的鈴鐺轉賣給別人——如果我是個瞎子，像剛才這種響聲，那我準知道，我是來到了一個雜貨鋪，那我也可能像奶奶和父親他們那個時候一樣，只買一個銅板的塊糖。我們剛才聽到的這個鈴鐺聲，好像只響了一半，而不是它的全部響聲，像是誰偷走了它的半個芯，它沒有使出自己全部的能耐，它的那個實芯像是丟了，不管怎麼說，聽起來它是缺少了點什麼。

「大娘，」我說，「我們來要點鹹肉。」

我沒瞧見她人。可是我知道，她準是坐在那邊黑洞洞的某個地方，灰白的頭髮，動作敏捷，眼睛機靈，在櫃台後面來回不停地打轉，能照管到整個店堂。果然不錯，她是坐在那邊。可她的頭髮卻更加灰白，臉色發青，很不靈活。她發話了：

「鹹肉？我們沒有。」

「那麼香腸，大娘。」我說得更加委婉。

「香腸？我們沒有。」

「喏，大娘，」我說，「大批的可能沒有，品種也不會那麼齊全，哪能同飯館的菜單相比呢，吃完了正餐，還來點甜點心。只給我們來半個長麵包就夠了。」

我這個人總喜歡開個玩笑或弄個惡作劇之類的事，可一想，過一會兒就得出發，肚子還餓得咕嚕咕嚕作響。

「這樣吧，大娘，我們還要趕路，空著肚子怎好行軍呢，您是不是讓我們進廚房裡去看看？」

「你們去吧，」她說，並隨手將門推開，「去吧，那裡也不會有的。」

我去了。看來是沒有。

門被一條粗漢帶上了。

「我們想來要點麵包。」我解釋說。

「賒帳不行。」那條大漢斬釘截鐵地提高了嗓門說。

「我們不賒帳，我們有現錢。」

「可我們沒有。」

「那我們可以給你們。」

「我們又拿什麼呢？」

「拿雜貨鋪的某些東西，拿……」

拿什麼？拿什麼？我環視了一下整個店堂，這就明白了，剛才雜貨鋪的鈴鐺為什麼響起來好像是缺了半個芯似的，原來盛著琳琅滿目、香味撲鼻的各種雜貨的貨架、口袋，以及一格一格的抽屜全都空出來了。現在這間屋子顯得倒不算太黑，我的眼睛能見量又大了些，一眼望去，這店堂空蕩蕩的。

「大娘，」我驚奇地問，「這是怎麼回事呢？」

大娘不語，倒是那條粗漢答話了。他說人們唱著一首可怕的歌，還說人們總想罵人。村裡的情況糟糕得很。已經有兩年沒活幹了，樹林的灌木叢也已有兩年不見長出什麼新樹來，飢餓的樵夫只好改行去給他人篆刻墓碑，得點錢還不夠償還新近的債務；信貸失靈，苛捐雜稅加重。而我們還想在這裡買些什麼，還說給他們鈔票，這不是找上門來挨罵嘛。

只見一些空麻袋奇怪地拖曳著，貨架也是七歪八倒的，只在靠近櫃台的一個貨架上還有兩打蠟燭、幾包磨刀石和幾捆鞭子，就這些東西。這條粗漢將一大口唾沫吐到一塊木板上，那板上密密麻麻地記滿了賒帳——無望中的一點希望吧，然後他用自己那隻寬大的手將唾沫搓掉，擦淨了用粉筆記下來的這一年裡的所有賒帳。頓時，就像是那外面的濃霧，完全從水裡升起來的濃霧，使得他的鼻子發酸，於是鼻涕眼淚一下子弄濕了這塊木板。接著只見一隻鞋子飛了出去，那木板被踢了一個底朝天，只見背面寫著：

雜貨鋪

兩打蠟燭，幾包磨刀石，幾捆鞭子……

突然一種恐懼向我襲來。我把一個克郎緊緊地攥在手裡，放進口袋的深處，轉身向門口走去。

當我們感到十分尷尬、極為可怕的時候，列金卡來了。

我真覺得，她是來搭救我們的，是來把我們從一種令人不快、可說是某種狂亂的、被濃霧深深地罩住的境地裡解救出來。小小的列金卡，鼻涕還未擦乾淨呢，頭上扎著她媽媽的頭巾，顯得特別活潑愉快，就像是剛參加過一個春光明媚的花園舞會才回到家裡來似的。

「你們帶我去嗎？」她問，圓瞪著雙眼。

倘若是一個十八歲的大姑娘這樣發問，我想，你一定會閉上眼睛，定一定神，然後會說出一個「不」字來的。而當一個八歲的小姑娘，如此信任地來問你，我看你一點也不會含糊、躲躲閃閃；更不會把帽子拉下來將臉蓋住，或用手捂住耳朵。列金卡只有八歲。

「我們帶你去，」我說，「你知道我們會帶你去的。那你想上哪兒去呀？」

「到城裡去。」

「那我們就帶你上城裡去吧。你想到城裡去幹什麼呢？」

「買東西。」她說。她這句話把所有在這個空蕩蕩的店堂裡的人都逗樂了。

「好呀，把整個百貨大樓都給搬來吧。」

連那個有點奇怪的大漢也都笑自己小女兒的天真。白髮蒼蒼的老大娘用手擦了擦十字架。

列金卡要去買東西。列金卡她有錢。列金卡她還是個天真爛漫、無憂無慮的孩子，一旦她稍大些，她就會知道當前的情景有多可怕。打今年春天起，她就夢想著誰能給她一點錢，她就把這個空空蕩蕩的店堂布置一番，好好地過一個聖誕節。從春天起她就做著這個夢。就是窮人家的孩子，一旦得到一個銅板，也會立刻拿去買塊糕餅或一根棒棒糖的。而列金卡偶爾也能得到一個銅板，可她並不為不能去糖果鋪而覺著遺憾、不快。相反，她一有了點錢，立刻徑直地朝那個早已無人去撿蛋的雞窩奔去，那兒有她用自己最後的雪花膏瓶盛著的寶藏，也就是她的保險櫃。

「打春天起就開始了，列金卡，那你的錢一定攢得不少囉！」

大約有那麼半秒鐘的時間，她對我們還有所懷疑。可我們卻大飽了眼福，我們大伙都把眼睛睜得大大的，想看個究竟。列金卡十分嚴肅地抽出了她的左手，只見一個包得嚴嚴實實的小包被緊緊地攥在她手裡。當她打開這個小包的時候，還環視了一番，看我們中有否見錢就眼紅的人，而後她將錢擺在櫃台上，疊成一垛一垛的。二十、三十、六十個赫勒[1]，一個、兩個、三個、八個、三十八個克郎。

「全部財產！列金卡，買什麼？」

買核桃、買糖果，給父親買雙襪子，項目開了一大串，差不多比二十個赫勒排成一排還要長。

二十個赫勒為一垛地擺在櫃台上，然後這幾垛用來買襪子，那一個克郎買糖果。硬幣碰著櫃台的硬木面發出噹啷聲。這時雜貨鋪的鈴鐺聲響了。

一位身著一件毛都快掉光了、顯得十分寒磣的皮大衣的人來訪。

喲，這位先生我們不早就認識了嗎。我們進村不久，他就像條忠實的狗總跟在我們的後面，他喜歡我們，是個好好先生。我們六十個都是帶槍帶刀的軍人，他還跟我們玩假兵的遊戲。等我們駐下後，他還挨家挨戶去吩咐、關照一些事情，看還剩下一些什麼問題沒解決。

1　一百個赫勒為一個克朗。

我們認識他。

是個好的刑吏。我雖然不曾見過他的眼睛，但我可以肯定地說，那是一雙藍色的。

很快我們就熟悉熱鬧了起來。這簡直有點滑稽可笑——他還能從這鋪子裡弄到什麼呢。很可能他是來為我們找麵包的。也許不，他是來要這些蠟燭或鞭子？我們敢打賭，他是來拿這些鞭子的——等一支蠟燭燒盡了，你才去找它上面曾貼過什麼樣的商標。

刑吏陰沉不快地環視了一下店堂。

「什麼也沒有，是嗎？」

「是的，什麼也沒有！」

他拽住了鞭子的一端——你瞧，我們猜對了吧，他想拽一些質地優異一點的，也就是編得緊一些的，以便抽打起來能發出更好聽的「啪啪」聲——他重又把它放下了。連鞭子都不怎麼帶勁。年輕人，這是什麼世道啊，簡直令人不解，這還是個什麼雜貨鋪呢，這豈不是對那塊板上寫著「雜貨鋪」三個字的一種諷刺嘲笑嗎。

「什麼也沒有，喏，那我們就走吧。」

列金卡站在一個角落，她把自己的寶藏趕緊用手絹包起來。

「那我們走吧。看你這身打扮，列金卡，你是要上哪兒去嗎？」

「到城裡去，刑吏先生，去買東西。」

老好的刑吏說得十分緩慢且和善：

「好啊，好啊！去買東西！有哪個地方你沒有錢去能買到東西的？那我也到那裡去。」

列金卡遭到奚落。沒有錢！誰說她沒有錢！列金卡重又打開了她的小包袱。櫃台上重又響起了硬幣的噹啷聲。列金卡已經使我們相信了，我看，這位先生也會同我們一樣相信她的。當守本分的刑吏看到了這些錢，聽到了列金卡如何一點一滴地攢起來的，如何把誰給她買糖塊、買果子的錢省下來，又從誰那兒得到了採摘櫻桃的錢後——倘若真有天國，我就把他們直接送到那邊去，何必活受罪呢——他撫摸著列金卡的頭，說她真乖，真聽話，要永遠像這樣聽話，隨即從口袋裡掏出來一個本子，在本上寫了點什麼，之後把紙撕下來，交給了那位粗野的雜貨鋪老闆，說道：

「我入到了去年的帳上，」他說，「還剩一百八十個克郎沒給。我還沒包括手續費，不過那將是很便宜的。再會！」

他要走。

路經櫃台時，他把列金卡的錢塞進了自己的口袋。

我呆呆地望著他，死死地盯著他，我的頭在發暈。他會回來的，他不能這樣做，他這是在鬧著玩的，他是個好人呀。

雜貨鋪的鈴鐺響了。就響了一次。沒有響第二次。

刑吏站在門中間，他又回來了。我們就知道，他是在開玩笑。

這會兒，他把手伸進口袋裡——你趕快伸呀——他掏出來錢——你趕緊掏呀——他把錢給列金卡——給呀，他給她五個赫勒，並且說：

「你真乖，願你總是這樣聽話，讓你雙親都高興快樂。」

鈴鐺聲第二次響起，響得那麼可怕、強烈，整個心都在猛烈地敲響，像突然拉起了警報似的，整個村子都能聽到，而我們已在村中廣場上站好了隊，扛起了槍，準備出發了。

當我們開走的時候，從水裡升起來的濃霧仍然瀰漫著大地，幾乎是伸手不見五指，當然也就瞧不見那條忠實的狗。

而列金卡呢？

明擺著的，她哭了。

發生在本世紀的經濟競爭這一不利形勢中的這個一九三二年的軍隊聖誕節的故事並非臆造、杜撰，連那濃霧，那兩打蠟燭，那個列金卡以及那個守本分的刑吏都是真的。它緊緊圍繞和緊扣住所發生的事情，以及一個士兵所曾見到的真實情景。所以說不可能杜撰出來一個結尾——它也不會有結尾的。

它還是沒有結尾。

一九四一年的「五一」節

半世紀以前的「五一」節的這一天，捷克工人們破天荒第一次在布拉格的大街上大步行進。偉大的詩人揚·聶魯達——真正的捷克民族詩人之一，他的心強烈地感受一切自由的和進步的事物——看到這在當時還是人數有限的隊伍，就曾以充滿明亮預見的歡樂言語向他們致敬：「我們活到了具有重大意義的日子——『五一』節。也許，甚至可以活到全人類歷史上最有意義的一天！一八九〇年，工人的隊伍以充滿信心的、鐵的步伐行進。於是，立刻就會看出，由於這次運動，目前的社會形勢和政治形勢已起了變化，而且這個變化還不僅只限於今天！」

詩人揚·聶魯達目光遠大。他不僅感受到，而且也理解到，在他面前行進的是現代歷史上最偉大的力量，是未來的雄偉的巨流，這巨流將徹底改變全世界。揚·聶魯達還理解到，這是無產階級革命力量的第一次戰鬥檢閱，這是一次為人、為各國人民、為全人類爭取並且一定會爭取到自由幸福生活的唯一力量的檢閱。

從那時起，在五月的日子裡，布拉格及其他捷克的城市和鄉村的街道上，總有千百萬工人遊行。每次他們的腳步，在雄偉和堅信的動作中，都和全世界千千萬萬的無產者的腳步匯合在一起。但是，近四分之一世紀以來，齊步前進的不僅只是準備為自己的解放而鬥爭的工人，而且還有已經被解放了的勞動人民的巨大行列。他們是世界上六分之一土地的主人。他們一刻也沒有忘記自己在世界革命大軍中所起的領導作用。這支大軍步步壯大。這支大軍的力量在「五一」節的戰鬥檢閱中一年比一年增長。它告訴我們，決戰的日子近了。但是，今年「五一」節這天，我國的工人群眾已經是第三次不在我們城市的街道上遊行，不高唱我們那些預告人類春天的無產階級歌曲了。

為什麼？這意味著什麼呢？難道是資本主義世界真粉碎了這支偉大的工人隊伍嗎？沒有。而且也永遠粉碎不了。今年這種表面上的沉寂完全意味著其他的問題。它意味著我們已在鬥爭。光榮的戰鬥檢閱的日子已經過去。真正鬥爭的日子，大規模決戰的日子已經到來。在這次戰鬥中，我們能夠失去的只有自己的枷鎖，而得到的卻是整個世界！

資本主義制度的瘋狂在這次新的戰爭中達到了登峰造極的地步。資本主義再一次地向這一代人證明：資本主義除了瘋狂地毀滅人民和物質財富之外，不知道也看不見擺脫經濟危機的其他出路。一些人大言不慚地把這次戰爭稱為「保衛新歐洲」的戰爭，另一些人則厚顏無恥地把這次戰爭叫做「保衛人性和民主」的戰爭。但是，有一種東西把他們聯結在一起，那就是前者和後者都是利用戰爭，首先向這一代所獲得的自由與成就進攻，向本國勞動人民的先鋒隊進攻。因為勞動人民的先鋒隊是資本主義最大的、不妥協的敵人，因為它不把勞動人民的敵人的一切自私自利的、血腥的野蠻行為根除，就絕不會停止鬥爭。勞動人民的敵人了解勞動人民的先鋒隊，並且害怕它。這一點也是對的。因為它一定要結束他們所發動的這次戰爭。它一定要結束這次戰爭，一下把他們這些可惡的寄生蟲踏得粉碎。

許多年來，我們組織了對戰爭的抵抗。許多年來, 我們盡了我們的全部力量，打亂資本家們的軍事計畫，推遲了戰爭的到來。在這些年代裡，我們並沒有袖手旁觀。在這些年代裡，蘇聯——最強大的、現在已經是不可戰勝的社會主義堡壘——的經濟和軍事威力壯大起來。在這些年代裡，我們的隊伍也成長了起來，並且受到了鍛煉。既然我們沒能阻止這次戰爭的爆發，那麼我們就決心來結束它。我們決心要把這次帝國主義戰爭變成解放戰爭。我們決心完成資本主義掘墓人的歷史任務。捷克無產階級革命力量這次大檢閱的基本意義也正在於此。

許多年來，我們共產黨人曾不斷向全體捷克人民說明戰爭的危險，並且號召反對戰爭。曾經有許多人了解我們，跟著我們走，但也有許多人相信了「百年和平」的誘人保證，當時並沒跟著我們走。今天他們吃到了自己的錯誤所給予的苦頭。

許多年來，我們不時指出威脅著捷克人民的危險，號召及時消滅叛賣祖國的大人先生們。許多人了解了，於是就跟著我們走。但也有許多被資產階級的民族主義所蒙蔽，因而不相信我們的人。

今天，他們看到了叛變的全部意義。

很多年來，我們號召捷克人民團結在社會主義的革命旗幟之下，因為沒有社會主義就不可能有捷克人民的生存。沒有社會主義就不可能有全世界的未來。許多人了解了，就和我們聯合在一起。但是，也有許多人聽信了謊言和欺騙，上了社會主義叛徒和捷克民族主義者的圈套。今天，他們找到了正確的道路，並且和我們一道前進。他們壯大了我們的隊伍。今天，這支隊伍比任何時候都更有力量、更頑強，對進行鬥爭更有準備。今天，在這支隊伍的旗幟下面聚集了捷克人民的一切進步力量，假如今天我們像往年一樣走上街頭，那麼城市的大街小巷將容納不下所有願意和我們一道前進的人。

這一點我們是知道的。然而，一九四一年的「五一」節，我們不是在街上和廣場上，不是在遊行示威的莊嚴場合下，而是在偉大戰鬥的塹壕裡來檢閱我們的隊伍。我們在準備著，當我們的時間一到，就向舊世界的力量進行決定性的抗擊。

希特勒叫囂說：「戰線從比利牛斯半島伸展到極圈。」邱吉爾力圖比他叫得更響：「這條戰線從美洲伸展到印度的大門。」錯了，兩個人都錯了，而且是大錯而特錯了。這條戰線上連續不斷的塹壕的鎖鏈，穿過一切資本主義國家和資本主義附屬國，環繞著整個地球，從蘇聯的西方國境線伸展到東方國境線；而且，這條鎖鏈和社會主義的強大堡壘牢不可破地連在一起，在這個堡壘裡，今天無敵的紅軍的千百萬新戰士，在自由廣闊的大地上，在自由的天空下，宣誓忠於社會主義革命。處在地下的我們，也同樣宣誓忠於社會主義革命！

是的，我們是處在地下，但是，我們並不是埋在地下的死人，而是活著的幼苗，這樣的幼苗正在全世界茁長起來迎接春天的太陽。「五一」節是這個春天的先驅，是自由人的春天的先驅，是各民族的春天及各民族的友好團結的先驅，是全人類的春天的先驅。

我們仍然處在地下，但是我們也正在地下爭取自由的勝利，爭取生活的勝利，爭取人類思想上最高傲的理想的勝利。

爭取社會主義的勝利！[1]

---

1 秘密小冊子《一九四一年的「五一」節》，選自《伏契克文集》，翻譯：張昌、劉遼逸。

致戈培爾部長的一封公開信
——捷克知識分子的回答

國社黨的宣傳部長、宮廷小丑戈培爾，從所謂的捷克知識分子中挑選了幾名代表，邀他們去德國，聆聽他的演說，並大肆渲染此行之重大意義。他那充滿恬不知恥的收買和威脅利誘的演說不僅是對被邀者而言，而且也是對捷克整個知識界而發的。按戈培爾所說，捷克民族還來得及表明其態度：是「心甘情願地參加到德國新秩序的建立過程中來呢，還是在其中進行反抗」。言下之意，是跟德國友好呢還是與它作對。這位部長還進一步強調說，捷克民族想走哪條路這取決於知識分子的引導，因為人民的想法總是與他們思想的領導階層的想法是一樣的。這就是戈培爾演說的精神實質。

納粹分子們曾力圖用盡各種手段來分化瓦解捷克民族的英勇反抗。但他們從來也沒得逞過。他們曾力圖引誘捷克青年。這也是白費力。他們努力討好捷克工人階級，其結果是他們的一些走狗連從工廠、車間逃走都來不及。如今他們想利用捷克知識分子來鑽進民族的心靈，這或許會奏效的。「請到我們這兒來服務吧，」戈培爾露骨地說，「這對你們有利，好處是大大的。」他活像個準備要簽定一個一本萬利的合同的商人：你們上我們這兒來服務，一旦我們擁有了你們，那麼整個捷克民族就將成為我們的囊中之物了，要知道，人民的想法總是與他們的思想的領導階層的想法是一樣的。換句話說，要是你們叛變了，那麼整個民族也就會被出賣！這樣說雖不太含蓄，但卻更準確些。

捷克知識分子面對這般卑鄙的建議，如此下流的侮辱，是不能不作出回答的。我們有為自己本身、自己的榮譽，為自己的民族以及民族中的一切進步力量、民族解放鬥爭行列中和我們攜手並肩的一切人們發出回答聲音的義務。所以我們現在就來回答。我們，捷克的音樂家、演員、作家、工程師；我們，被你們的恐怖政策所捆綁著雙手的我們；我們，自己成千上萬個同志在你們的牢獄和集中營裡遭受著非人的折磨的人們。

我們，捷克知識分子，我們現在就來回答您。

戈培爾部長！

永遠不會，您聽到沒有，我們永遠不會背叛捷克人民的革命鬥爭；我們永遠不會去為你們服務；我們將永遠不會為黑暗和奴役服務！

您期望我們什麼呢？讓我們在捷克人民中間幫助擴散您那字字句句都浸透了謊言的欺詐宣傳嗎；讓我們用自己誠實的勞動，在我國文化界贏得的名聲去為這種欺詐宣傳塗脂抹粉嗎；讓我們把自己的聲音和筆桿奉獻給您，為您的謊言所支配嗎；讓我們濫用自己人民的信任，並勸他們走上必將導致毀滅的道路嗎？不，我們絕不這樣做！

您期望我們什麼呢？讓我們合伙幹你們那些血腥的暗殺嗎；讓我們與你們的蓋世太保為伍，像你們一樣的窮凶極惡嗎；讓我們像蓋世太保屠殺捷克人民的身體那樣地去毒害他們的靈魂嗎；讓我們幫助你們的所有暴徒來鎮壓你們制服不了的捷克人民的驕傲和壯麗的反抗嗎？不，我們絕不這樣做！

您究竟期望我們什麼呢？讓我們自戕？我們當然不會這樣做！

我們，正如您所稱謂的那樣是「民族思想上的領導階層」，我們確實和自己國家的人民有著根深蒂固、牢不可破的聯繫。但這並不等於說我們把自己的觀點強加於人民，而是說我們代表他們、表達他們的意願。我們，我們這些文化人和自己民族的最進步的力量總是生死相連的，這我們是知道的。在捷克知識分子曾經確實是民族思想上的領導階層的各個時期，在捷克文化上具有重大意義的各個時期，捷克文化中所有著名人物都是和使得人類進步的最大膽的思想聯繫在一起的。在它的偉大旗幟下，我國人民為自己的生存而戰，雖受盡折磨、備受煎熬，但並沒有毀滅淪亡，因為他們從不放棄鬥爭。

為人類的自由——在我國曾經
鮮花怒放！
——今天的捷克人仍舊這樣，
——一如往年：
這個信念把我們大批帶進了墳塋，
卻又把我們引上光榮的路
——前進，再前進！

這是一位捷克詩人[1]寫的，戈培爾部長，這位捷克詩人早在許多年前，就已經代表所有的人，代表我們和我國人民選定了一條能夠把我們引向自由和民族獨立的唯一的道路。但它並

1　本文所引之詩均出自捷克著名詩人揚・聶魯達的名詩〈再前進〉。

非是你們壓迫我們的叛變的道路，而是一條為反對奴役而鬥爭的道路，一條為爭取我國、你們國家以及整個歐洲人民的自由而鬥爭的道路。我們誓死不離開這條道路！

在捷克歷史上，有過不少反動的捷克統治者、闊人進行政治叛賣的劣跡，這些人只要能保住自己的財產和特權的話，他們就心甘情願地出賣捷克人民的自由，甚至整個民族的政治生命。但是，在捷克歷史上，您絕不會找到有捷克文化人政治背叛的一頁——我們堅信，我們絕不會在自己的歷史上寫下這樣的一頁！

我們在暴風雨中誕生，
一步一步在暴風雨的陰塋中前進，
傲然走向我們燦爛的目標，
只在自己的民族面前我們才肯折腰。

這也是那位捷克詩人寫的，戈培爾部長。而您卻認為，我們，在經受了幾世紀可怕的壓迫，但卻並未屈膝的捷克民族的知識分子們，您認為我們，與捷克人民血肉相連的我們，會在您的面前俯首帖耳嗎？真是一個瘋子！

您答應給我們一些「好處」。當真的？「一旦這些問題獲得解決（也就是說——當捷克知識分子的叛變之事著手進行），那麼在捷克的電影事業面前就會展開一個空前廣闊的銷售市場……捷克人就會有可能輸出自己的電影、自己的文學和自己的音樂。」您是這樣說的嗎？是的，您確實是這樣說的。

什普勒河岸上可憐的跛足羅勒萊[2]，你的那誘惑性、魅力藏到哪兒去了？我們捷克有這樣一句諺語，「欲把鳥來捉，先誘之以好聽的歌。」可您連一首好聽的歌都不會唱嘛。您想拿什麼東西來誘惑我們呢？輸出捷克電影，這是您說的，然而竊去捷克電影工作者籌建起來的最完善的電影製片廠，扼殺處於萌芽時期的捷克電影藝術，使之不能充分發展的，不正是你們嗎？「輸出」捷克文學，這是您說的，然而野蠻地橫掃我國的整個文學，沒收和銷毀捷克作家們的最優秀的作品，把捷克文學作品從捷克的圖書館裡扔出去；甚至毀損馬哈[3]的〈五月〉，不僅清剿當代的詩集；連六百年前出版的查理四世[4]的自傳也不放過，妄圖毀滅全部捷克文學的，不正是你們嗎？

您想用輸出捷克音樂來誘惑我們，這是您說的，然而用沒完沒了的禁演來破壞我們的音樂生活，妄圖用恐怖、暗殺手段壓制我們偉大的作曲家的，不正是你們嗎！禁止我們歌唱的也是你們，不讓我們兒童們唱捷克民歌的還是你們！你們封閉我

2　什普勒河從柏林的郊外流過。此處乃象徵德帝國首都柏林。羅勒萊是傳說中的一個魔女，她坐在萊茵河畔一座巉岩頂上，用歌聲引誘河上的船夫，使船顛覆。此處象徵口蜜腹劍、笑裡藏刀之徒。而戈培爾也是跛足。

3　卡雷爾．希內克．馬哈（1810-1836），捷克著名的浪漫派詩人。抒情敘事長詩〈五月〉（1836）的發表使他成了「捷克詩歌的施洗者和培育了整個現代詩歌的精神之父」。

4　查理四世（1316-1378）是德意志和波希米亞國王（1346-1378 在位），一三四八年創辦中歐第一所大學——查理大學，並在布拉格附近修建著名的查理城堡和查理大橋。一三五五年登基神聖羅馬帝國皇帝，以布拉格為首都。他使捷克成為十四世紀中歐的強國。

們的大學[5]，使我們的小學德意志化，把我們的校舍、劇院、音樂廳、美術館變成了你們的軍營！你們掠奪霸占我們的科學研究機關，使我們無法從事科學研究工作！你們想把記者們都變成頭腦簡單、刻板的自動機器！你們消滅成千上萬的文化工作者賴以生存的基礎；毀壞各種文化以及創造民族思想領導階層的一切基礎——而正是你們自己卻想借著這一領導階層的幫助來繼續你們那令人難耐的瘋狂行為。部長閣下，「這是要引起傷疤來回答的玩笑」[6]，我們可以用這位偉大的德國劇作家的這句話來回答。

是的，就連這位偉大的德國劇作家的作品都已經不准上演了。對我們來說這真是一幅極好的關於你們那些「好處」的說明圖啊！它使我們注意到，在你們打算向捷克文化進軍之前，你們早就圍剿了自己的德國文化。你們扼殺偉大的德國人文科學，把當代最傑出的一些德國科學家從本國驅逐出境，一些著名的德國詩人和作家不是被趕出國境，就是被折磨致死！你們大量地燒毀了一些最著名的德國哲學家的著作！你們荒廢了德國的畫室，踐踏了德國戲劇的光榮！你們捏造德國的歷史，從德國文學中刪除了其最偉大的創造者之一亨利希．海涅和其

5　一九三九年十月二十八日，大學生揚．奧普協塔爾在布拉格舉行的捷克獨立日反德示威遊行中遭槍殺。十一月十五日舉行的葬禮變成自發的學生示威遊行，遭到占領者恐怖鎮壓。同月十七日蓋世太保襲擊學生宿舍，殺害了幾名學生，並將許多學生送進集中營。同日封閉所有捷克高等學校。十一月十七日於是作為全世界的「國際學生節」以資紀念。

6　德國著名的劇作家、藝術理論家戈．埃．萊辛（1729-1781）說的一句話。

他名氣較小的作家的名字和作品！你們還閹割歌德和席勒的創作思想！你們把自己國家的「文化領域」變成了一片荒漠，屠殺、殲滅或迫使自己本國的「思想領導階層」緘默不語——而今你們又反倒來邀請捷克的思想領導階層去「參加」你們的那個福利事業。怎麼參加？也就是作為你們下一個犧牲品而已。因為你們是不可能給捷克知識分子以任何好處的。您想砍掉捷克知識分子的腦裝，但要他們自己引頸就屠。謝謝您的邀請。對不起，我們不參加！

我們見識了您的那些「好處」。我們鄙視您的那些威脅。從您冗長的演說中，我們能接受的只有一點，那就是您自認無法摧毀捷克民族。一年半以來，你們的鐵蹄踏遍了我們的國土，無處不遭殃、不受罪的，監獄裡塞滿了我們的男人、女子，甚至兒童都不放過；屠殺我們最優秀的人們。一年半以來，你們一直在窒息我們的政治、經濟以及文化生活。一年半以來，你們力圖用恐怖手段迫使人們在「卐」字前屈膝就範。而經過了這般狂暴的一年半之後，就連您——一個慣於說謊的納粹的宣傳部長也不得不承認，你們一無所獲，我們仍在抗拒；而且要抗拒到底。是的，這一點我們是同意接受的，並對自己頑強的抵抗引以為豪。但是，假若您，一個卑劣的誹謗者認為，我們捷克知識分子的自豪感和氣節比不上培育我們成長的捷克人民的話；假若您認為我們會聽任您的誘惑和嚇唬，從而使我們背棄自己的人民而與你們一道去反對他們——那就請您再聽一次我們的回答：

不，不，永遠也不！

假若您問我們是否願意參加建設新的歐洲，我們的回答是：

是，是，是的，而且是儘快地建設！

不過這將是完全另一個歐洲，絕非為您所說的那個歐洲。你們的那個「新秩序」實際上是個舊的無秩序，那是靠屠殺犧牲在你們手下的千百萬人的生命來維持的。所以您才如此迫不及待地催促我們。所以您才希望我們快，快，快；儘快地成為你們新的、一頭豐滿的羔羊，「心甘情願」的犧牲品，「趕早不趕晚」。否則就要來不及了。誰來不及了？你們！

本來我們就很清楚地知道，您是在什麼樣的時間裡給我們提出了那個厚顏無恥的號召的。你們發動了戰爭——強盜式的戰爭，你們在戰爭中暫時告捷，你們正在向前推進、占領、槍殺、轟炸、放水淹沒，但是，這一切的結果如何呢？目標越來越落空，你們曾為此而發動了一場戰爭，你們的目標一步一步離開你們越來越遠，已相距十萬八千里了，就是你們自己現在也意識到了這一點。你們曾經占領了一些國家，它們當然成了你們進攻蘇聯的基地，但是你們的宣傳、倒行逆施，使被你們奴役的千百萬人睜開了雙眼，在他們的思想和心中充滿了對你們和他們本國的反動派；對於隱藏在各種假面具下的法西斯主義的強烈的憎恨。然而也是你們使這些人滿懷一個統一的、要求真正自由的堅強意志——如今這就是你們妄想建立「新的」法西斯歐洲的結果。你們還可以在各個方面繼續給予瘋狂的打擊，然而除了你們自我毀滅之外，你們什麼也組織不起來了。所以，無論是你們，或是你們往昔的伙伴，如今的敵對者英國，都不能結束這次戰爭。你們在歐洲製造了駭人聽聞的大屠殺，你們發動了海陸空全面的戰爭，然而，結束這次戰爭的卻是在地下，在你們殘酷地把捷克人民、法國人民、比利時人民、荷蘭人民、丹麥人民、挪威人民、西班牙人民、意大利人民以及你們本國人民驅趕到的那個地下。

不是你們，我們再向您說一遍，這一點您自己現在也知道得很清楚，不是發動了這次戰爭的你們，而是被你們捲入戰爭的各國人民，是你們徒勞地妄圖將他們變成奴隸的各國人民，是以革命的工人階級為領導的、依靠蘇聯的強大威力——隨著你們的每一個「成就」而日益壯大的威力——的各國人民，是這些民族、人民來親自結束這次戰爭，親自來粉碎你們的計畫，並親自來建立他們現在還只能是理想的新歐洲——納粹匪徒絕跡的歐洲，形形色色的法西斯分子絕跡的歐洲，中飽私囊的下賤胚絕跡的歐洲，自由勞動的歐洲，自由的各國人民的歐洲，真正的新歐洲，社會主義的歐洲！

捷克知識分子的代表們

（尤利烏斯．伏契克撰寫的秘密傳單，一九四〇年秋）

國家圖書館出版品預行編目資料

絞刑架下的報告 / 尤利烏斯・伏契克著；
蔣承俊譯. -- 初版. -- 桃園市：人間出版社，
2025.05
222面；14.8×21公分. --（反法西斯叢書；1）

ISBN 978-626-99045-1-8（平裝）

882.457　　114004623

反法西斯叢書1

絞刑架下的報告

作　　者　尤利烏斯・伏契克
譯　　者　蔣承俊
創 辦 人　陳映真
榮譽發行人　呂正惠
發 行 人　藍博洲
社　　長　陳麗娜
責任編輯　曾菂筑
校　　對　曾菂筑、張萬康、王介平
封面設計　許孟祥
出　　版　人間出版社
桃園市桃園區民權路208號
（03）337-0115
郵政劃撥　11746473・人間出版社
電　　郵　renjianpublic@gmail.com
內文排版　龍虎電腦排版股份有限公司
總 經 銷　聯合發行股份有限公司
新北市新店區寶橋路235巷6弄6號2樓
（02）2917-8022
初　　版　2025年5月
I S B N　978-626-99045-1-8
定　　價　新台幣250元